第十四回　田中裕明賞

第十四回 田中裕明賞発表

岩田 奎句集

『膚』（はだえ）

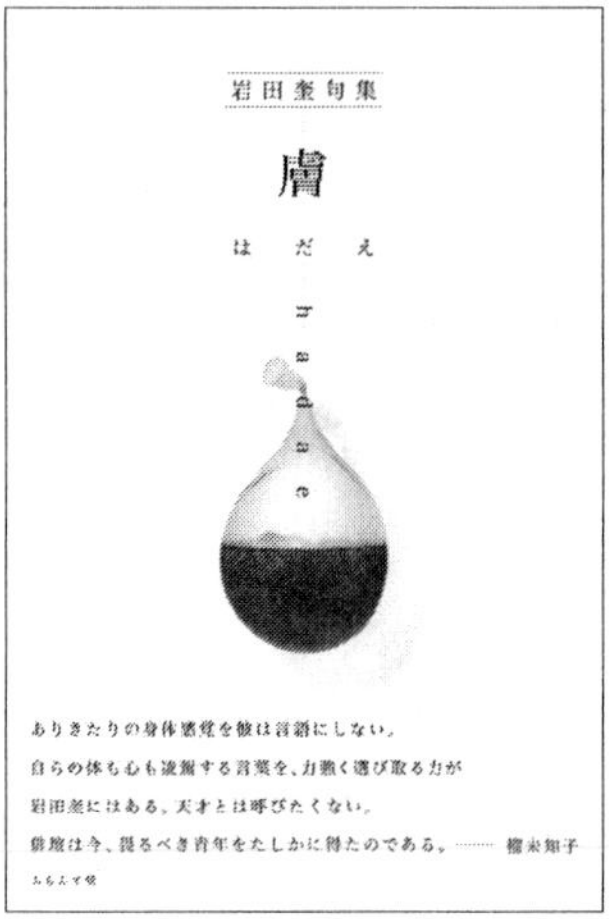

岩田奎句集

膚
はだえ

岩田奎作

ありきたりの身体感覚を徒に言語にしない。
自らの体も心も波瀾する言葉を、力熱く選び取る力が
岩田奎にはある、天才とは呼びたくない。
俳壇は今、怖るべき青年をたしかに得たのである。──檀林翔子

ふらんす堂

第一句集
二〇二二年十二月十一日発行
四六版ソフトカバー小口折
クータバインディング
発行・ふらんす堂
定価2500円＋税

選考委員
佐藤郁良・関悦史・
高田正子・高柳克弘

岩田 奎《いわた・けい》

【略歴】

一九九九年京都生。

「群青」所属。

二〇一五年、開成高校俳句部にて作句開始。

二〇一八年、第一〇回石田波郷新人賞。

二〇一九年、第六回俳人協会新鋭評論賞。

二〇二〇年、第六六回角川俳句賞。

受賞者の言葉

（まえ）

京都に、東京に、豊岡に、鳥取に、数多の旅先に。

自分を育ててくれたすべての場所や出会いに心から感謝する。


（いま）

句集は自分の成長の記録であると捉えた。

いまの自分は抒情というものがなべて気に入らないが、初学のころのそういう句も気に入らないなりに記録と割りきって残すことにした。

いうなれば蒸溜ではなくて醸造という方法によることで、迷いや甘さも含めて真に私の血を分けた本になったように思う。

選者の先生方には思いきりの悪い分身を評価していただきうれしい限りである。


（あと）

ある程度悧巧な子供にはなりおおせたと思うので、次は狷介な老人を目指してゆきたい。

受賞作品『膚』（岩田　奎）より　自選三〇句

耳打のさうして洗ひ髪と知る
紫木蓮全天曇《どん》にして降らず
仔馬開眼ひかりとしてのわれ佇てり
かんばせは欒の光のなかに泣く
水羊羹風の谷中のどこか通夜
葦二本枯れて貫く氷かな
しりとりは生者のあそび霧氷林
鶴帰る悪書追放ポストの地
入学の体から血を採るといふ
壺焼をこぼるる泡のすぐ乾び
柳揺れ次の柳の見えにけり
袋角朦朦と血の満ちてをり
なかぞらに楚の消えて梅雨菌
巻尺をもつて昼寝のひと跨ぐ

運動会再び肉の塔興る
にはとりの歩いてゐたる木賊かな
木の奥をゆくよそさまの七五三
枯園にてアーッと怒りはじめたる
なにが悲しくて千枚みな春田
落椿の気持で踏めよ踏むからは
靴篦の大きな力春の山
蜃気楼はこばれくるはアジフライ
擂りすすむ山葵の向を変へにけり
河骨は鏡をなさぬ水に咲く
土瀝青づかれの祭足袋干され
青柿のころより確と富有柿
立てて来しワイパー二本鏡割
蝌蚪の国鞄の底の薄汚れ
弱さうな新社員来る湊かな
面白い蟷螂生れつづくなり

候補作品

	夕雨音瑞華句集	『炎夏』	二〇二二年三月一日	ふらんす堂
	杉原祐之句集	『十一月の橋』	二〇二二年四月九日	ふらんす堂
	小川楓子句集	『ことり』	二〇二二年五月二〇日	港の人
	鈴木光影句集	『青水草』	二〇二二年五月三〇日	コールサック社
	越智友亮句集	『ふつうの未来』	二〇二二年六月二三日	左右社
	伊藤幹哲句集	『深雪晴』	二〇二二年九月二五日	文學の森
	小山玄紀句集	『ぼうぶら』	二〇二二年一一月二二日	ふらんす堂
	斉藤志歩句集	『水と茶』	二〇二二年一一月二五日	左右社
	椎名果歩句集	『まなこ』	二〇二二年一二月六日	ふらんす堂
	岩田奎句集	『膚』	二〇二二年一二月一一日	ふらんす堂
	渡部有紀子句集	『山羊の乳』	二〇二二年一二月二六日	北辰社
	山岸由佳句集	『丈夫な紙』	二〇二二年一二月二八日	素粒社

選考経過報告

第十四回田中裕明賞の選考会は、五月四日の午後一時半よりふらんす堂にて対面の選考会となりました。対面での選考は新しい選考委員となってはじめてのことです。選考委員は、あらかじめ良いと思われるものに三点、二点、一点をつけてもらい上位三位までを決めてもらいます。その結果、岩田奎句集『膚』九点、句集『水と茶』六点、杉原祐之句集『十一月の橋』三点、山岸由佳句集『丈夫な紙』二点、小山玄紀句集『ぼうぶら』二点、鈴木光影句集『青水草』一点、越智友亮句集『ふつうの未来』一点、という結果となりました。佐藤郁良選考委員は、句集『膚』と句集『ぼうぶら』については それぞれ跋文を寄せ編集にかかわったということで、点をいれることを控えられました。三人の選考委員が句集『膚』に最高点の三点を付けて最高得点となり、佐藤郁良委員も異存はなく、その結果、最高点をとった句集『膚』が今回の田中裕明賞の受賞となりました。今回の応募句集は一二冊と多かったのですが、選考委員の方々が口をそろえておっしゃったのは、充実したレベルの高い句集が揃っていたということです。結果的に無点となった句集についても、三位にするかどうか迷ったという句集も多く、そういう意味では悩ましい選考であったかもしれません。応募句集も多く、今回から選評について時間制限をお願いしました。点の入った句集は五分、入らなかった句集については三分を基準としましたが、語り足りなかったことは冊子に補足して語ってもらうことに致しました。冊子「第十四回田中裕明賞」にすべて記録されていますので、是非に読んでいただきたいと思います。

ふらんす堂　山岡喜美子

選考会

●選考委員
佐藤郁良
関　悦史
髙田正子
髙柳克弘

●司会
山岡喜美子（ふらんす堂）

※文章内の掲句の後ろの（　）は各集のページ数です。

応募句集＼選考委員	佐藤	関	髙田	髙柳	計
膚		3	3	3	9
水と茶	2		2	2	6
十一月の橋	3				3
丈夫な紙		2			2
ぼうぶら		1		1	2
青水草	1				1
ふつうの未来			1		1
ことり					0
深雪晴					0
まなこ					0
炎夏					0
山羊の乳					0

司会：では第十四回田中裕明賞の選考会を始めます。選考委員が変更になってから、対面での選考会は初めてなので、どうぞよろしくお願いします。
委員：よろしくお願いします。
司会：選考に先立ちましてメールでもお願いしましたが、発言時間についてお願いがあります。点が入った句集についてはお一人五分、点が入らなかった句集についてはお一人三分とさせて下さい。毎回長時間の選考になってしまって皆さんにご負担をかけておりますので、ご理解ご協力頂きたく思いました。では、今回は全部で一二冊、句集の応募がありました。はじめに申し上げておきますと、応募句集のうち小山玄紀句集『ぼうぶら』と岩田奎句集『膚』については、佐藤郁良選考委員は句集制作に跋文という形で関わっていらっしゃる理由から点数を入れてらっしゃいません。選考結果がお手元にあると思いますが、点数を見ると一位が岩田奎句集『膚』で九点、関悦史・髙田正子・髙柳克弘選考委員がそれぞれ一位に推しています。二位が斉藤志歩句集『水と茶』で六点、佐藤郁良・髙田正子・髙柳克弘選考委員が二位に推しています。三位は杉原祐之句集『十一月の橋』で三点、佐藤選考委員が一位で推しています。二点の句集は二句集、山岸由佳句集『丈夫な紙』と小山玄紀句集『ぼうぶら』、『丈夫な紙』は関選考委員が二位に、『ぼうぶら』は関・髙柳選考委員が三位に推しています。一点の句集も二句集、鈴木光影句集『青水草』を佐藤選考委員が、越智友亮句集『ふつうの未来』を髙田選考委員がそれぞれ三位に推しています。小川楓子句集『ことり』、伊藤幹哲句集『深雪晴』、椎名果歩句集『まなこ』、夕雨音瑞華句集『炎華』、渡部有紀子句集『山羊の乳』が無点となります。まず選考委員の皆様から応募句集全体の評をお聞かせ頂ければと思います。では佐藤選考委員、お願いします。

佐藤：今回一二篇ということで、対象句集も去年よりだいぶ多かったですね。非常に充実した一二篇だったのではないでしょうか。それぞれに魅力もあり、どれを選ぶか、いい迷いがあったと思います。その中で私はこの三篇を推させていただきました。岩田くん、小山くん、この二人は高校時代から知っている若者で、句集に入っている句の多くを同じ場面で共有してきたものですから、これまでの慣例に則って選考の対象からは外させていただきました。この二句集も含めて、非常に充実した、佳什に満ちた一二篇だったのではないかという全体的な印象を持っております。

関：私も大体一緒です。一二篇と数が多かったんですが、それぞれ独自の個性なり様式なりを既に獲得して、その中で一定の完成度を得ているものが多かった。批評や鑑賞を書くとなったらどの句集も書くべきことは多いのではないかという気がします。その中で賞という形で一点だけ推すとなると、一二篇の中で相対的に一位というだけではない、立役者として据えられる存在感が欲しいというところです。それに適う句集があるかというところで見ると、やや線が細い句集もあった気はしました。その中で岩田奎句集が一歩抜けていたんではないかと思いました。あとは選評の時に申し上げます。

高田：お二人とまったく同意見です。一二冊ありましたけれども、それぞれに変化があって、読者を飽きさせない作りになっていました。私ももちろん面白く読ませていただきました。好き嫌いで選ぶわけでは決してないですが、自分の好みは当然あります。ですが、あまり好きではないけれどもこの句集はいい、そんな風に思うこともありました。今日は初めての対面選考ですし、とても楽しみにして参りました。

高柳：若い世代の句集を対象にした賞ということで、全体的に句集の中に変化があるというのでしょうか。人生の変化、具体的に言えば学生だったのが就職をして、家庭を持ったりするのが見えたりとか。作風の上でも最初は割とクラシックな作風だったのが、途中でこの方は考え方を少し変えて前衛的なところが出て攻めているのかなとか。句集の中でドラマティックに変化があるというものが多かったです。その中で私としてはどんどん変化していく作者というところに惹かれました。この全体の結果、私が票を入れたのも果敢に変化してゆく、変化を恐れない句集を結果的に惹かれた句集として推したということになりました。

岩田奎句集『膚』（いわたけい・はだえ）

司会：ありがとうございます。点の入った句集から伺っていきたいと思います。では岩田奎句集『膚』です。岩田さんは一九九九年生まれの今年二四歳です。開成高校時代に俳句部に入り、作句を開始されました。二〇一八年に第一〇回石田波郷新人賞、二〇一九年に第六回俳人協会新鋭評論賞、二〇二〇年に最年少で第六六回角川俳句賞を受賞されています。「群青」に所属しています。では三点を入れられた三人の選考委員のまずは髙柳選考委員からお願いします。

髙柳：俳句甲子園で最優秀賞を受賞した「**旅いつも雲に抜かれて大花野**（11）」が入っていたのが感慨深かったです。私も選考委員をやっていた時に出てきた句で、非常に鮮烈な印象でした。この句集はおおよそ編年体になっていると思います。ですので前半に若々しい高校生や大学生の時代の句が集中して入っていて、主に私はその辺りの、初期の作品に惹かれる句が多かったように思います。今の「旅いつも」の句もそうですし、「**まだ雪に気づかず起きてくる音か**（14）」の瑞々しい叙情性ですとか、「**絵の美女は永久の去際避暑の宿**（22）」「美女」なんてバタくさいというのかな、なかなか俳句で消化しにくい言葉を上手く詩に高めているなという感じがしました。「**窓外に元寇の海夜学生**（23）」これなんかも切り取り方の大胆さというんでしょうか、今勉強している学生と遥かな時代の「元寇」を結び付けた大胆さですね。「**白式部手鏡は手を映さざる**（24）」やや理知的な言語遊戯の句と言えるかと思うんですけれど、「白式部」というところでまとめたところに高い詩精神が認められるというのでしょうか。やはり前半、若い時代に突出した句がいくつもあった。そこに惹かれるところがありました。その後彼は結構変わってゆくんですよね。吟行に多く出掛けるようになって、吟行先の句、写生的な句を多く作るようになりました。その中で拾うとすれば「**壺焼をこぼるる泡のすぐ乾び**（55）」ですとか「**枝剪つて鉈にみどりや梅雨ふかし**（63）」、「**さざめきに麦酒をはこぶ映画祭**（74）」このような自分の身の回りを中心に描くというよりは、見知らぬ土地、自分にとって未知の風土の中に入っていってそこから材料を拾ってくる。こういう作り方に変わっていったように思います。この吟行の一連が読みごたえがあったかというとやや疑問なところもありました。ですがやはり高校・大学生時代に培った非常に高い詩精神の作品というのが後々の吟行詠の詩精神の高さというものも保証しているのかな。そういうところに自分の新しい道を見つけてきたのかなと思います。いち読者としては、まだまだ若い時代の青春性あふれる句を突き詰めてほしかったという気持ちも持ちつつ、その自分を潔く脱ぎ捨てて、波多野爽波ばりの吟行詠・写実詠の世界に入っていったというところも、これはこれで評価すべきところではないか。いくつかの佳句も生まれているということで、若者の変化ということの理想的な成果、輝かしい成果というものを見せて頂いた。そんな理由から一位に推した次第でした。

高田：一番チェックした句が多かったのは、私の場合は二〇二〇年でした。読み始めてぞわっとした句が「**耳打のさうして洗ひ髪と知る**(9)」です。高校生がこれを詠む？　みたいな感じ。驚きがありました。高柳さんも選ばれていましたが、「**まだ雪に気づかず起きてくる音か**(14)」「**仕舞ふときスケートの刃に唇映る**(27)」「**いづれ来る夜明の色に誘蛾灯**(41)」初期の句の中ではこの四句が好きです。「**天の川バス停どれも対をなし**(11)」「**晩夏光鍵は鍵穴より多し**(40)」「**逃水を轢きたるあとはだれも見ず**(50)」これらには一言でいうと賢い気づきがあります。誰もが分かってはいるけれど言葉にしたことはなかったことに、的確な言葉を与えてもらった驚き、と言いましょうか。そうですね、この句集には驚きがありました。「**いづれ来る夜明の色に誘蛾灯**(41)」の「いづれ来る」もそうですが、「**ただようてゐるスケートの生者たち**(90)」の「ただよう」という捉え方、「**枯園にてアーッと怒りはじめたる**(97)」の「アーッ」とか、「**あと一度ねむる夏蚕として戦ぐ**(114)」の「あと一度ねむる」など、季語以外の措辞にも惹かれました。読んでいると、目の前に次々に前とは違ったものが登場して、最後まで弛みなく楽しく読み通せました。ひとつ付け加えると、「**雲の峰兄弟理科に進みけり**(127)」にはものすごく親近感を覚えました（笑）。思わずどこのご出身？　と最終ページを見てしまいました。

関：非常にクレバーな作風で、巧い句ということで感心できる句はいくらもあるんですが、これの真価はそういうところではなくて、詩性があるということです。自由詩でいうと戦後間もない頃の荒地派に通じるような若々しい渇きを持った詩性があり、切実な表現意欲を持っていて、それが俳句としての完成度とうまく噛みあっているというように思いました。時代はちょっと違いますけれど、小説家の平野啓一郎がまったく無名だった頃に突然「新潮」に『日蝕』というすごく擬古文的なものを一挙掲載してデビューした。あの時のことをちょっと連想したりもしました。その連想はどこから来るかというと若い才能のある人が文学的な蓄積に富むものを突然持ってきたということだけではなくて、言葉の選択に非常にこだわりがあるというところです。『日蝕』の場合は見慣れない漢字とかもいっぱいあるんですけれども、この『膚』という句集の場合も見慣れない字や語彙があるというだけではなくて、言葉の選択のレベルで神経が張っている。「**機械のこゑ恃みてゆけば逃水に**（50）」の「機械のこゑ」はカーナビと言ってしまえば単なる日常生活の一シーンになってしまうので「機械」とぼかしたことでかえってその奥まで視線が届いている。言葉で引っかかりを生じさせるものでは「**奥州市天竺老婆みな氷る**（91）」。これは「天竺老婆」というのが地名なんですね。地名で面白いものがあったら一句ものしたくなるものですが、そういう即興的な題詠趣味だけではなくて、「みな氷る」というところで精神性に踏み込んでいるところがある。それから、句の方から離れると、あとがきに題を「膚」とした謂れが書かれていて、「事物の表面にある、ありのままのグロテスクな様相を写しとることをちかごろは究めたいと思っている。またアレルギー体質の私にとって皮膚とは激しいヒステリーのたえず生起する自他の境界でもある」ということを言っています。作者はそんなに野暮ったく全部説明はしないんですけれども、「最も深いもの、それは皮膚である」というのはポール・ヴァレリーですね。そういう知的な反省が入っていて肌というものをひとつの装置として捉え、俳句化している。最も深いところが肌だというのは例えば俳句で言えば原爆忌とか沖縄忌とか、深刻な季語を詠んだら深い内容のものができるかといえばそういうことでは必ずしもなく、むしろ深刻さを志向するものであればあるほど類型化や陳腐化が起きやすい。一見した印象に反して皮膚の方が深いんだというところを俳句の中でちゃんと理屈ではなくて具現化できてしまっているのが長所です。後半はとくに旅吟が増えてくるんですが、これは旅に出て色んなものを見て素材を取り込んで上手く処理しましたという旅吟と捉えると恐らく真価をつかまえそこねるんじゃないかと思います。最初の方、髙柳さんも挙げておられた「**旅いつも雲に抜かれて大花野**（11）」、ああいう明るい浪漫的な叙情的な資質もあって、それが基本なんでしょうけれど、そこが肌という装置を通して展開してゆくと後半の旅吟になる。つまり肌が持つ表面ならではの深さ、出会いの現場、自他の境界としての肌というものを時間的空間的に外部へ展開してゆくと色んな土地への旅行になるということで、方法的に展開された旅吟ではないかという風に感じました。色々見てそれが面白かったというだけではなくて、全部自分の精神性の中に無理やり取り込まずに出会った時に起こる違和や化学反応みたいなものを細かく捉えている感じがしました。「**暮れてきて大きな山や泡般若**（68）」この「泡般若」ってお坊さんたちが使うビールの隠語らしいんですが、「泡般若」という言葉が変わっているからそれで一句作ろうというだけではなく、「暮れてきて大きな山や」という別にひとつの発見があって、日が暮れてシルエットだけになったことで「大きな山」が目の前にあらわれる。禅宗系のお坊さんのいる寺なのかな。そういうところのイメージが出てきて、そういう土地柄にある大きな山、そのふたつが作者の身体で出会っているわけです。自分の思いを言葉で展開するということだと、全部周りの題材をも征服というか植民地化というか自分の中に取り込んでしまう形になるのですが、違和や軽い驚異が残って、色んなものが出会う場になり得ている。「**清朝に写真がすこし百日紅**（38）」「**国鉄のころよりの雛飾りけり**（48）」「**入学の体から血を採るといふ**（54）」この辺りは「清朝」「国鉄」「入学」という言葉へ社会性の要素が入ってくる。社会状況を俯瞰してもの申すという形の社会性とは全然違っていて、「清朝」というのも歴史の中にあったし、作者の生まれるずっと前のことでしょうけれど「国鉄」というものもあった。その「国鉄」が「雛」と出会ったり、全然関係のないものだけれど日本の時空の中で出会ってそれが自分の目の前にある。こういう出会いがあるということを認識する現場としてこの作者があちこちに遍在し、その現場の事件性をリアライズしている句集ということで、そのインパクトは大変強かったです。

司会：句集制作に関わられたことから点をお入れになりませんでした。佐藤選考委員お願いします。

佐藤：皆さんが一席に推してくださって、非常に嬉しく思っています。私も随分色んな若者と関わってきましたけれど、この作者はずば抜けてポテンシャルが高いし、努力も惜しまない人です。高校一年で俳句を始めた時からすでにそういう片鱗はあったと思います。高校時代の句も、今見ても完成度が高いなと思います。「**耳打のさうして洗ひ髪と知る**（9）」「**天の川バス停どれも対をなし**（11）」そして俳句甲子園で最優秀賞を頂いた「**旅いつも雲に抜かれて大花野**（11）」、先ほど髙田さんが挙げておられた「**いづれ来る夜明の色に誘蛾灯**（41）」これは大学生になってからの句ですね。これも現場にいましたけれど、こういう捉え方をするんだと。言葉の与え方が非常に巧い作者だと思いました。「夜明の色」って言えそうで言えないなとその時も思いましたし。「**あと一度ねむる夏蚕として戦ぐ**（114）」蚕の動きを「戦ぐ」という動詞で捉えたところ、吟行の現場にいたものとして、言葉の与え方が非常に上手だなと感じました。吟行句が増えてきたということを皆さんもおっしゃっていました。感覚的な句も多いんですけれど、やはり地に足がついている感じがするんですね。対象というものをちゃんと見た上で言葉を与えている。そこの強さを今回改めて読み直して感じました。別の同世代の仲間が「岩田の句集には肉感がある」という言葉で評していましたが、ある種の生々しさというのか、実体がある確かさというのでしょうか。だから浮わついていない、言葉だけが先行していない。そういう強さが岩田くんの句集にはあったんじゃないかなと、読み直して思ったところです。どこか華のある感じがしますね、岩田くんの句というのは。何てことない写生句なんだけど、どこかポエジーを些かなりとも含んでいる。そういうところが、この作者の一番の魅力かなと思っています。

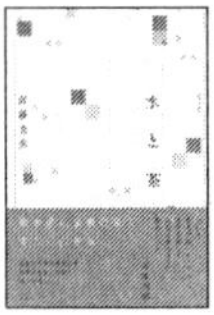

斉藤志歩句集『水と茶』（さいとうしほ・みずとちゃ）

司会：ありがとうございます。では次に六点入りました斉藤志歩さんの『水と茶』です。斉藤志歩さんは一九九二年生まれの三一歳で、二〇一五年より東大俳句会に参加。二〇一六年に第八回石田波郷新人賞を受賞されています。では二位に推された髙田選考委員からお願いいたします。

髙田：句集を手にしたとき、最初に目に入るのは表紙です。装幀や帯。そのときに何らかのイメージを抱くわけですが、中身を読み始めて、私の中では外と中があまりに一致しなくて驚きました。単に私が抱いたイメージの話なので、あまり大きな声では言い難いのですが、これまでの中で最大のズレ幅であったと最初に申告しておきます。で、中身ですが、会の初めにどの句集も面白かったと言ったばかりですが、次々にページを繰りたくなるほど面白かったです。よいと思いました。ただ、第一句が「**水と茶を選べて水の漱石忌**（7）」続いて「**バーの名の光れる路を葱提げゆく**（7）」ですが、私ならばそのあたりは飛ばして一〇ページの句から始めるなあと、また余計なことですが、思いました。一〇ページあたりから、ギアが違うところへ入ったように感じられました。最終的にチェックした句の数は、この句集が一番多かったかもしれないくらいです。特に印象に残った五句は、まず「**ぼた雪や簞笥を人の病むにほひ**（23）」とっさに「おばあちゃんちの匂い」と思いました。古い家屋の和簞笥の、雪の日の匂いですね。思わず郷愁を掻き立てられました。「**子雀の嘴にある鼻の穴**（54）」子雀だからまだ嘴が黄色いですよね。子どもなんだと思いながらじっと見ていたら、あっ鼻の穴が、と。親雀にだって鼻の穴はありますけど、親は嘴が黒いですから、あまり目立たないのかもしれません。黄色い嘴の「鼻の穴」に帰着する視線のあり方が面白いと思いました。そしてやっぱり鳥の句なんですけど、「**真顔にて楽しさうなる小鳥かな**（100）」鳥って笑わないですよね。笑わないけれど、機嫌がいいのか悪いのかは分かるわけで、それを「真顔にて」と言っているわけです。思わずにやりとしてしまいました。「**まだ黒くなる芋虫の骸かな**（105）」ずっと見ているわけですよ。見ないでおくとか、さっさと片付けるとかいうのではなくて、ずっと見ている。「まだ黒くなる」ことも知っている人です。「虫愛づる姫君」ではありませんが、どんな方かと作者自身に興味がわきました。「**尻白く水面に鴨の覆る**(142)」鴨が潜る時、尻が水の上に突き出るわけですが、「尻白く」と見たままを端的に詠んで臨場感があります。五句は以上ですが、やっぱり二〇代三〇代の女性を想定して読むと、よりしっくり来る句がたくさんあったことがよかったです。「**再会や着ぶくれの背を打てば音**(10)」「**けふは肉あすは魚に年忘**(12)」バランスよく食べるとかいう話ではなく、「年忘」に持ち込んだところが良かったです。「**正月を寝てなだらかに背の起伏**(17)」背の起伏が若者ですね。年をとった今、よくわかります。「**歌ひつつ背に絞れる洗ひ髪**(70)」「**ベランダより戻る電話を切りし顔**(83)」これはちょっと嫉妬の匂いがするなあ。「**寒林やピアスの音は耳に近し**(128)」「**行列に襟巻の房もてあそぶ**(139)」今しか詠めない句群と思いました。

司会:同じく二点を入れられた佐藤選考委員、お願いします。

佐藤:何ということのない生活の中のささやかな日常の一場面というのでしょうか。そういうものを非常に上手に拾い上げて詠んでいるなと思いました。「**風呂に湯の溜まるあひだを賀状書く**(13)」何てことないですよね。でも、言われてみると暮れの忙しい中でこういうことはあるなあ、と。「**紙コップ多き祭の本部かな**(71)」こういう町内会のお祭りってありますよね。些末なことを見逃さずに、こんなことも俳句の素材になるんだよという感じの拾い方に注目しました。後は対象の捉え方も独特なところがあるなと思いました。「**ヘッドライトに若き狸が振り返る**(20)」狸を見つけた時に、その狸が若い狸なのか年老いた狸なのかというのはなかなかそこまで関心を持たないかなと個人的には思います。ただ作者にはそれが若い狸だと映ったんですね。ほんのちょっとした狸の表情とかそういうものを見逃さなかった。こういう対象の捉え方は非常にユニークだと思いました。「**包丁**

がしあはせさうに桃に沈む（93）」包丁の刃が沈む句はいっぱいあるかもしれないけれど、それを「しあはせさうに」と捉えた感覚がこの人の独特さ、いい意味でのユニークさじゃないかなと思いました。結構只事ギリギリの句もあるんですけれどね。全体として非常にポップな感じなんですが、普段僕らが見逃してきていたようなところを上手に拾い上げて見せてくれている。読者としても、読む楽しさを感じさせて頂けたという感じでしょうか。全体としては好感度が高いし、波郷賞は今年で確か一五年になりますけれど、女性で取ったのはまだ斉藤さんしかいないんですよね。あとは皆男性です。斉藤さんは、そういう意味でも非常に印象深い方なんですが、波郷賞をお取りになった頃に比べてもう一段進化されているなということを感じた句集でした。

司会：同じく二点の髙柳選考委員、お願いします。

髙柳：斉藤さんは作風じたいは一巻を通して変わらないという印象を受けましたね。岩田さんはさっき皆さんもおっしゃってましたけれど、結構意識的に作風を変えてきていましたけれど、斉藤さんは一貫して日常の、誰も気づかないような端々を切り取る。そこは変わらない。けれど人生が移り変わっているような感じがするんですね。明確に書かれているわけじゃないんだけれど、最初は学生の頃で、だんだん社会人になったのかなというのを、朝ドラを眺めているような感覚で楽しむことができるということで、これはこれで変化の句集なのかなと思いました。具体的に言えば好きだったのは「**咳を詫び電話口より遠ざかる**（11）」こういうことってあるなあと思うんです。咳の荒っぽい声を聞かせたくないということで、会話を中断する。こういうところを切り取る。「**朝練へ雪のスナック街抜けて**（26）」というのも、地方都市かなあと思ったんですね。地方都市に住む学生のリアルが切り取られているなと思います。「**炊飯器に花の模様や犀星忌**（42）」日常の中のエロスというものを主題にした室生犀星らしいところを把握しているなと思いました。言われてみればそもそも何で炊飯器に花の模様が描いてあるのかなと、よく考えるとどこかおかしいというか、微笑みを浮かべてしまうような、こういうところを切り取るのが上手いです。「**遠足や眠る先生はじめて見る**（54）」生徒は授業中よく寝たりするんだけど、先生はいつも起きて頑張って授業をしていますから。先生が油断して寝ているところを見るのは、遠足のバスの中とかそういうところなんだなあと思います。「**サンダルを踏んで受け取る出前かな**（83）」こんなささいな場面もこうして詠まれてみると面白くみえるものですね。玄関先なんでしょう、革靴だったらためらうけれど、サンダルくらいだったら踏んでもいい。いちいちサンダルを履いて出迎えるということをしないで受け取ってしまう。共感できるなと思いました。「**取り出しておでんの夜に使ふ鍋**（128）」すごく天真爛漫に詠んでいるようで、これは上手さもあるなと思いました。「夜のおでんに使ふ鍋」と言ってしまうとただの報告になっちゃうんですけど、「おでんの夜に使ふ鍋」というちょっとしたひと捻り、そこに表現の上手さがあると思いました。「**くしやみしてくしやみの音を真似されて**（138）」これはリフレインが効いていて、真似されて嫌な気持ちになるというよりは、二人でその後笑い出したんだろうなあというほのぼのした景色が見えてきてよかったと思います。という感じで、実は引いた句は一番多かったかもしれません。どの句も好きではありました。けれど、こういう作風だからしょうがないかもしれないですけれど、突出して句集を代表する句がこれだというのがなかなか見えて来なかったというのと、当たり前だという風に見えてしまう句もちらほらあることはありました。「**あたたかやチューハイ飲めばなくな**

りぬ（53）」そりゃあ飲んだらなくなるだろうなとは思いますし、「**やすめればからだよくなる九月かな**（94）」体を休めたら体が良くなるというのもそうだろうなあ、九月がどう効いているのだろうかと。日常性に即するあまり日常に埋没してしまっているような句も散見されました。そこで二位にしたというところもあります。とても好もしい作風ですし、表現上の上手さ、表現力もある作者だなという印象を受けました。

司会：関選考委員は無点でした。よろしくお願いします。

関：無点にしてしまいましたけれど、三位をどれに入れるかで悩んでいたうちのひとつなので私も入れる可能性もありました。私は斉藤志歩さんという作者の句を今回初めてまとめて見たんですけれども、今回の候補作の作者の中である意味一番ドライで腹の据わったところがある作者かもしれないなという気もしました。普通に観察眼が利いていて上手い句と見えるものもいっぱいあるんですが、それだけでなくその奥に潜んでいる感情まで目がゆき届いている。そこに微量の毒気が潜むというところがあって、これはどういう方向に読むかによって、読者によってある程度方向が分散する色んな要素がある気がします。最初に出てくるタイトルにもなった「**水と茶を選べて水の漱石忌**（7）」これが作者のスタイルや方向性がそんなに分からない頭のところで出てきて、色々読み筋はあるわけです。漱石本人に即して考えたら、重度の胃潰瘍だった人だったから、カフェインの入っている茶は飲んだらまずいから水に行くだろうという考えもありますけれども。

髙田：なるほど（笑）

関：そういう筋の句ではないでしょう。だから茶の趣味性とか香りとかそういうものを排除して、水のイメージに寄せて物事をクリアに認識したい。そこで漱石の作品世界もそこから見えてくる。そういうところを無意識に言っているんじゃないかという気がしました。微量の毒と写生の目が合わさった句としては、「**囀やメニューの上に皿置かれ**（50）」ファミレスなんかで料理が届くとこういう風になることがあるんですが、そこに置いてしまうんだということをみんな意識しながら忘れているところを掬っていて、そこに毒気がある。「**遠足や眠る先生はじめて見る**（54）」これは先生に対する慕わしいとか好ましい気持ちを持っているようには見えますが、その間抜けな顔を見ている毒気もちらっとある。両義的ですね。「**わが薔薇を折々人の見てゆけり**（63）」自分が薔薇を持っていて、それで華やぎが手元にあるものだから、それを人が折々見てゆく。当たり前のことに見えますけれど、これの捉え方から言うと私だけだったら見ないんだということもあるわけです。そこまで斜に構えているわけではなく、どちらかというと誇らしい句なのかもしれませんがそこまで見えてしまうところがある。「**ダンスして膝にまつわ《ママ》るサンドレス**（79）」これはそんなに毒気はなさそうですが、ダンスした時にサンドレスというものは膝にまつわって邪魔に感じるという、違和の形で物が描かれている。「**チャンネルの一つ少なし避暑の宿**（84）」田舎はテレビのチャンネルが少ないというのはよくあるネタですが差は「一つ」だけで「避暑の宿」で涼しげにしているところがこの作者ならではの微調整なのかもしれない。動物の捉え方ではさっき佐藤さんが挙げられた「**ヘッドライトに若き狸が振り返る**（20）」これも「若き」が独自で面白いです。痩せた小柄な狸だったのかもしれませんけれど、それを「小さい」でも「痩せた」でもなく「若き」と言うところが相手の成熟度に対する評価がちょっと出てくる。動物に対する好ましい共感だけじゃなくて突き放していながら内面にまで目が行ってしまう。「**蜻蛉に肉の貧しき軀かな**（98）」蜻蛉がジャコメッティの彫刻みたいに削られることによってかえって肉感が増すという逆説的な物体に見える。生々しいところをすっきり書いて共感できます。一番印象的だったのは「**目がふたつマスクの上にありにけり**(127)」コロナが始まってからもう二、三年経つわけで、コロナ詠が入った句集が候補作の中にもいくつかあったんですけれども、コロナが日常化してしまった末の目の置き方というところがあって、これは萩原朔太郎の「蛙の死」という詩を思い出しました。子どもたちがふざけて蛙を殺している短い詩なんですが、その子どもたちを丘の上から立って見ている人影がいて、その人影の「帽子の下に顔がある」というのが詩の結びです。帽子を被った人影が立っているだけなら何てことはないんですが、帽子の下に顔がある。「顔」を出されると突然、見ている人間の内面は、相手はどう判断しているかということで他者の目が入ってくる。そういう怖さがある。みんなマスクをしていてその上に目がふたつというのは、ごく即物的な書き方をしていますけれども、みんな生きた人間で内面を抱えている、そういう危機感を帯びつつマスクをしてコロナの中で生きているということの怖さが、直接に内面に至る書き方で捉えられている。鋭くて面白いと思いました。ただ全体に普通の発想の句も三分の一くらいあったような気がするので、方向性が定まらないと言うか頭の「**水と茶を選べて水の漱石忌**(7)」だけを見ると、これはすごくモダンで明快さの方向に行く句集なのかと思ったら途中で普通になってきたりするところがあって、「**大かぼちゃ刃を抜かうにも切らうにも**(92)」なんかはよく見かける発想ですし、全体で水準が落ちたところはそんなにないんですけれども、抜群の句集として上位三点の句集に入れるところまでは私はいかなかったというところです。

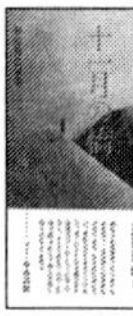

杉原祐之句集『十一月の橋』（すぎはらゆうし・じゅういちがつのはし）

司会：次は三点入りました杉原祐之句集『十一月の橋』です。杉原さんは一九七九年生まれ四四歳、「山茶花」「夏潮」の同人です。二〇一〇年に第一句集『先つぽへ』を刊行されています。この句集は第二句集です。では三点を入れられた佐藤選考委員、お願いします。

佐藤：安定感というものを一番強く感じたのがこの句集だったということです。非常に手堅く、日常の生活をきちんと詠んでいる感じがしました。特に子育て俳句が良かったと思います。「**嬰児の蒲団かるがる干しにけり**（21）」赤ちゃんの蒲団って大きさからして違いますしね。そういう子育ての中で自分が体験したことを非常に素直に言葉にされている印象です。「**嬰児を縦抱きにして御慶かな**（25）」こういう正月の句も非常に新鮮な感じがしました。赤ちゃんを縦に抱っこした状態でお客さんにご挨拶をしているということだと思いますけれど、印象的でした。後は結構生々しい職場俳句がいくつかありましたよね（笑）。「**辞めさうな後輩とゆく年忘**（73）」なんて、結構俗なところなんですけど、辞めちゃった後輩じゃないところがいいと思いましたね。「辞めさうな後輩」ってやっぱり、その後輩のことを案じているんでしょう。俗ギリギリのところだと思いますけれど、こういうところを俳句に詠みこんできたところは大変注目しました。海外詠が割と多かったですね。海外詠は平板なものが多かったという気が正直しました。一番いいと思った句は「**顎鬚に氷柱を垂らしイヌイット**（61）」こういう平板ではあるけれど、対象をしっかりと描きとめている姿勢はいいと思います。帯にもある「**蛞蝓の長き腸透けにけり**（167）」こういう硬質の写生句なんかも力はあると思いました。欲を言えばもう少し華があるといいかなとはちょっと思いました。手堅く作っていらっしゃる。非常に安定感はあるんだけれども、もう一歩食い足りないというところも正直あって、そこが努力目標かなとは思いましたけれども、私としては安定感を評価して、この句集を一席に推させていただいたというところです。

髙柳：個人の感覚ですけれど、全体的に若い人の句集、作風というのは結構優しげであるというのか、美しさ、穏やかさというところが今の時代は前面に出てくるような印象がある中で、杉原さんの句集はやや意地悪なものの見方と言うんでしょうか、毒気のある笑いがちらほら出てくるところが、この方の特徴であり、均質化された状況を打ち破る力になるのかなと思いながら読みました。例えば「**岸釣の人にも握手町議選**（19）」あたりは、釣り堀じゃなくて「岸釣」というところで、海の街、漁港なんだろうなと。そこで働いている人に挨拶に来たんだけど、ついでのようにそこで釣りをしている人にも握手をして支持を訴えているシーンが浮かんできます。政治家の貪欲さに対するやや意地悪なものの見方があります。「**づかづかと政治家来たる踊の輪**（115）」こういう、権力に対するやや冷ややかな目線みたいなものが入ってくるのは、小林一茶の「づぶ濡れの大名を見る炬燵かな」などもありますので、これもひとつの俳句の伝統として受け継いでいきたいなと思います。自分を笑っているような句もありますね。「**母の日の父のパスタの大雑把**（165）」とかね、母の日に、じゃあ今日は自分が作るということでパスタを作ってみたんだけど、やっぱりトマトソースなんかの使い方が非常に雑であるというところ。ちょっと四コマ漫画的なずっこけで自分を笑うのもあったりして、こういうところも面白いと思いました。「**残業の妻の分までおでん買ふ**(37)」男女共働きが当たり前になっている現代の夫婦模様を描いて非常に微笑ましい句だなと思います。愛妻俳句と吾子俳句はやや物足りないところもあるかなと思いました。「**母となる人の横顔あたたかし**(13)」「**妊りし妻よく眠る日の盛り**(16)」というところは少し甘いかなあという感じもしました。この作者の持ち味であるところをもっともっと伸ばしていって、それが句集全体の個性となっていけばいいかなと。「**アイスティー飲み株主の語らへる**(31)」先ほど佐藤さんもおっしゃっていたように、職場詠にも……何と言うんでしょう、疑問を抱かずに企業の中で働いている人や、人生のすべてを仕事に捧げてしまっている人に対して抱く、うっすらとした違和感。そして自分もその中に入っているということに対する、どことはない居心地の悪さ。そういうものが出ている句もこの方の持ち味なんだなと思いました。

関：これは私も三位以内に入れてもいいかと迷った句集でした。一句一句別々に見たらそんなに際立った作品がないように見えるんですが、作者が実生活が忙しくて長い間句集をまとめることができなかったというのが幸いしたというか、家庭を持って子供が出来て職場の異動もあって海外出張も何度も入ってという、ここら辺がひとまとまりに一〇年分以上入ると、それによって句集一冊としては独自の味が出てくるというか、昭和のサラリーマンを描いた喜劇映画のシリーズ、社長漫遊記とか色々あるんですけれど、そういうものから浮かれた華やぎの要素を抜いてサラリーマンの生活を描いた句集という味わいが出てきます。しかも今の時代、正社員で結婚できて子どもを三人も持てるっていうのはだんだん少数派になってきている階級のはずで、その中で、しかも男性も勤めながら子育てを当たり前にやっているという世界になってきて、そういう暮らしが俳句という形に現れたと考えると民俗学的な厚みといった感じの味わいがあります。「**句は淡く句評は濃ゆく梅日和**（139）」という自分のマニフェストを説明した句があって、実際句は淡くなっているんですが、それが一冊として見たときにじわじわと効いてくる感じがして、これはこれで句集の魅力だという気はしました。過去の俳句を踏まえた句というのも、さっきの「**づかづかと政治家来たる踊の輪**（115）」みたいなのがいくつかあるんですが、それも引用がメインと言うわけではないですね。下敷きがあるんだろうという句がもうひとつあって、「**小児科の扉の秋冷を押しゐたる**（35）」これは竹下しづの女の「三井銀行の扉の秋風を衝いて出し」（『颷《はやて》』三省堂）のことだと思うんですが、しづの女の方はほぼ戦前の人なのにそれが職業婦人として外で頑張って働いて、銀行の扉を衝いて秋風の中へ出たときふと侘しさを感じるような句と見えますが、そこから性別や時代が変わっていまして、「**小児科の扉の秋冷を押しゐたる**（35）」ってこれは作者の実際の行動と取ったら、父親が子供を小児科へ連れていっているんでしょう。気張ったところはなくて、日常の一場面の中の、子の病状への不安を含んだ秋冷の句になっている。だから「押し」てもそんなに勢いはない。引用やパロディ的なやり方としては、こういうものはあまりないかもしれません。人に対する視線がそれほど情が濃くないというか、情は濃いのかもしれないけれど、その出し方が淡くて「**ロングシートに新入社員並びたる**（162）」というのがありますが、ロングシートというのは通勤電車でしょうね。中距離以上の電車にはボックスシートが入ってくるから。そのロングシートに新入社員が並んでいるのを見て、他人事みたいに頑張れよと思っているのか、大変だなと思っているのか、単にそういう季節になったなと思っているのか、何とも分からないんですが、何らかの名状しがたい感情があって、それを俳句だから外見だけで書いている。その裏にある名状しがたいもやっとした感情というのもそれで伝わってくる。他者である新入社員に対してだけではなく、自分に対してもこういう目なので、「**また二泊三日の鞄西行忌**（11）」西行の忌日なんだけどまた二泊三日の鞄というのは日常化した出張でしょうね。そこで西行と合わされて、自分の生活の味気無さよという感じになってくるんですが、それをことさら嘆かずごく淡々と描いている。こういうのが溜まってくると一冊として量感が出てくるんですよね。あんまり一句一句はやりすぎない。はっきりやりすぎて面白くしてしまっているのもあるんですけれど、「**日本人同士ちんまり年忘**（58）」これは海外詠ですが心情的に分かりすぎることを、皮肉な目で描いている。そこまでアイロニカルでない、あっさりした子育ての句が良くて「**子を風呂に入れたる後の夕涼み**（81）」これはどうってことのない場面ですが、いいなと思う人は少なくないでしょう。「**枯芝に延びるわが影吾子の影**（118）」これはもうちょっと詩的な気の張りがある句です。枯芝に自分と子どもの影が延びている。それだけを描いて、そこに大きな感情が波打っている気がする。「**田植機の津波の泥を洗ひけり**（29）」これは震災詠としては労働の現場にまで至って田植機に痕跡として残っている津波を詠んでいて、意外さもあって清新でした。

髙田：第一句集の『先つぽへ』（ふらんす堂）も面白く拝読しましたし、どの句も何も困ったことのなく読める、一番安定感のある句集だったのではないかと思います。何のかの色々あっても幸せと、今を肯定しつつ、でも時には毒気も交えて詠んでおられます。一句一句はライトな仕上がりですが、年ごとの成果が何年にもわたって積み重ねられ、また別の味わいになっているという、厚みのある句集に仕上がっているのではないでしょうか。

私の五句は「**白鳥ののつそり畦を跨ぐかな**（9）」美しいだけが白鳥ではないという、こういう視線は好きですね。「**宝くじ売場の脇の社会鍋**（23）」これは仄かな諧謔でしょう。きっと宝くじのほうが繁盛していますね。「**日盛や埃だらけのバス来たる**（97）」与那国島で作られたそうですが、舗装されていない島の道が見えてきますね。いわゆる本土では、バスの通うこういう場所はもう滅多にないのではないでしょうか。「**プログラムされたるやうに滴れる**（114）」滴りというと俳人たちが喜んで色々工夫する季語のひとつと思いますが、「プログラムされたるやうに」とは確かにその通りですが、意表をつかれました。「**蛞蝓の長き腸透けにけり**（167）」蛞蝓がガラス細工のように思えてきますね。今度見てみなければと思わせられました。

山岸由佳句集『丈夫な紙』（やまぎしゆか・じょうぶなかみ）

司会：次は二点の句集です。二冊あります。山岸由佳句集『丈夫な紙』から。山岸さんは一九七七年生まれ、二〇二二年時点で四五歳です。「炎環」の同人で、「豆の木」にも参加しています。二〇一五年に第三三回現代俳句新人賞を受賞されています。では二点を入れた関選考委員からお願いします。

関：これも岩田奎句集とは別な方向でポエジーがしっかりある句集だと思いました。自由詩でやられてきたことを俳句の世界で別の形でやっている。例えば詩人の吉岡実で言うと「静物」という詩で言葉を追っていくと目の前に器や果物が立ち上がってくるような、唯物的な奇跡が起きているようなことを言葉でやっている詩というのがある。それに近いことを俳句の形式の中でやっている感じがして、それは静物なら静物、器なら器という具体物を言葉で立ち上がらせ、彫り上げていくのではなくて、この人の場合は取り合わせなどから生じる狭間の領域のところをそうやって彫り上げている感じがある。だから彫られたのは器そのものではなくてその周りの虚空とか関係とかになるので、その意味では詩人でいうとひょっとしたら、吉岡実よりは杉本徹などに近いのかもしれません。栞文で師匠の石寒太さんが伝統俳句的な文脈の中でよく出来ていると評価していますが、それだけの評価で終わらせてしまうともったいない句集なのではないかという気がしました。全体的には定型感ががっちりあって、字余りや句跨りの句がないわけではないんですが、五七五で作っている感じがあります。虚空というか非実在的なことを詠むのも「炎環」にひとつの流派としてあるのかな。田島健一さん、宮本佳世乃さんもこの栞文で触れられていますけれども、その中で山岸由佳さんの句というのは狙いが確かに定まっている感じがあります。「**うすばかげろふ空に時計の針余り**（11）」「空に時計の針余り」というのは現実的に考えればあり得ないんですけれども、「うすばかげろふ」と取り合わせることによって時計の動作の感じが空にはみ出してゆくような、ふたつのものの狭間で立ち上がってくるイメージを丁寧に描いています。似たような句では「**アップルパイ雲海のなか分け合つて**（95）」これは山に登った先でお菓子を食べている句に見えます。実際そういう状況もあるのかもしれませんが、「雲海のなか」という場所が変わっていて、しかもそこで人と分け合っているから、隙間が雲海と自分の間、自分と分け合っている相手との間とふたつあるわけです。で、そこにアップルパイがある。そういう物事の関係によってある場面がくっきりと描かれていて、そこから結果的に物も出てくるのが気持ちがいいです。抽象的な題材では「**一滴の水に映つてゐる九月**（35）」これはひとつの比喩表現として、九月の季節にある周りの空間の色んなものが全部映っているということを縮めた言い方でこうなっているのかもしれませんけれど、句としては「九月」そのものという形のないものが映っているようにも見える。このくらいだと他の作者にもあるのかもしれませんが、ふたつの取り合わせというかイメージをぶつけ合わせて、それで変なものが出てくるというのは割と多くて、「**蓮の骨黒し赤ん坊揺らしをり**（62）」蓮の骨と赤ん坊、ふたつをばらばらに見たらどうということはないけれど、ふたつが合わさると何か不吉なものが出てくる。赤ん坊が蓮の骨を揺らしているんじゃなくて、蓮の骨を見つつ自分が子守をしていると取れますが「蓮の骨」の即物性と、赤子を揺らしている自分という取り合わせもやや不気味な世界という感じがします。抽象と具象の狭間みたいなところだと「**ノンブルに触れ紫陽花の白さかな**（130）」ノンブルは本の端のページの数字のことと思うんですが、それに触れて「紫陽花の白さ」という。青とか紫とかの濃い色ではないんですね。実体感が薄くなってゆく白い色で、そこを「ノンブルに触れ」という、やればできないことはないけれどちょっと表現としては抽象側に重みがかかった言い方でずらしてそして紫陽花の白と言う抽象化する色の方へ行く。こういうふたつのものを書いて合わせて、その狭間から立ち上がってくるものをソリッドに掬っている感じがしました。自由詩のポエジーを俳句の形で真似しているということではなくて、俳句の形で新しく創造し直している。そういう目立たないなりにこの人ならではのことができていて、一定の完成度があるのではないかと思いました。

髙柳：結構非現実的な作風ではあるんですけれど、抽象的ではないんですよね。具象に添いながら抽象化しているというのかな。「**蒲団からとほき本棚とほき川**（58）」というのも、「蒲団からとほき本棚」という舞台設定は割と誰でもできそうなところなんですけれども、その向こうに「とほき川」というものを置く。見えていないんですね、そこにないものを置くことで全体が現実的なものではなくてこれは非現実の詩的世界なんだよということを明らかにしていくというのかな。こういう言葉で押してゆく、暗黒とか未来とか、そういう言葉で押してゆくというか、ちゃんと具象物を通して表現しているというところがこの方の特異なところかなと思いました。目端が利いているというか、そういうところがこの方の詩を支えている一番重要なところかなと思います。たとえば「**つぎつぎと小石のやうなしやぼん玉**（27）」というのも、よく見ているというか実感があるなと思うんですね。吹きはじめの頃の細かい小さなしゃぼん玉を「小石のやうな」と言う。もちろんそこには儚いしゃぼん玉を小石に喩えたという詩があるわけですけれど、でも見ているところは案外堅実なところを見ている。「**草の香の仄かに混じり花の屑**（89）」というのもそうですね。「花の屑」という美的なものの中に、文学的題材というだけではなくてひとつの植物でもある桜の実体の部分を感じ取っています。「**冬麗の花粉をつけて戻り来し**（112）」これは冬麗が効いているなと思いました。春とかだと当たり前でつまらなくなってしまいます。冬で花が非常に少ない時期で、けれど数少ない咲いている寒椿か山茶花か、分かりませんがその花粉をつけて来た。「冬麗」というものの現実感をしっかり押さえている句かなという気がしました。案外写生が得意なのではないかなと。ご本人が自分の句をどう評価しているのかは分からないんですけれど、そういう作者かなと思いました。「**つはぶきの花空耳の鈴はどれ**（87）」というのも好きな句でした。「空耳の鈴」が冬晴れの空を思わせます。ただ、こんなに独特な作風でありながら、やや類想的なものも散見されました。「**空港の狂はぬ時計雪催**（59）」「**百坪のゑのころ草の売られをり**（78）」「パイプ椅子畳まれてゆく夜の新樹（93）」なんかは、出来てはいるんですけれど既に誰かが詠んでいるところかなと思いましたので、非常に独創的な作風の中でこういう句が交じってくるとやや足を引っ張ってしまったかなあという印象です。

髙田：句集の栞に、「意味に頼るな」とか「意味を追うな」ということが書かれてあったので、一生懸命そう努めましたが、髙柳さんもおっしゃるように、取り合わせているのが意味のある言葉と意味のある言葉ですから、つい意味を追ってしまいます。でも意味と意味の取り合わせがちょっと不思議で、それによって人とも違うし、元の意味とも違う世界を作ってらっしゃるのでしょうか。そんなことを思いながら拝読しました。特に好きだった二句を挙げますと、まず「**つはぶきの花空耳の鈴はどれ**（87）」あっ鈴が鳴った、鈴の音を聞きとめたような気がする、今つわぶきの花に囲まれていて、中のどれかが鳴ったのかもしれないけれど、でも空耳かも、という句だと受け止めています。「空耳の鈴はどれ」というのは、どの花が鳴ったの？　という「意味」かなと、やっぱり意味を追ってしまっているのが悩ましいです。「**冬麗の花粉をつけて戻り来し**（112）」私は本物の花粉とは思わなかったのですが。冬麗というと光が粒粒な感じで、まさに「微塵の光」ですよ。相馬遷子じゃないけど。冬麗を出掛けて、微塵の光をまとって帰ってきたよという風に受け止めました。比喩に受け止めたうえで、好きだと思った句です。具体的なものの取り合わせから抽象的な何かを生み出す面白さを追求なさっているのかもしれませんね。

佐藤：私もこれはいいと思っていた句集で、三番目には入らなかったけれど、次点くらいの気持ちでした。すごく繊細な感覚が発現されていると思いました。「**こゑ消えてプールに映る誰かの家**（10）」「こゑ消えて」という把握はいいですね。それまで遊んでいた子どもたちの声がすっかりなくなって、静寂が戻ってきたプールに誰かの家が映り込んでいるということなんでしょう。こういう把握の仕方は非常に繊細で美しいと思います。そして、写実的というよりは感覚的に捉えている措辞が多々あります。「**欄干に忘れし腕花吹雪**（28）」腕を置き忘れてきちゃった。ずっとそこで誰かを待っていたのかもしれない。その橋の欄《おばしま》に手をずっとかけてしばらく立っていたのかもしれない。そこに自分の腕を置き忘れてきてしまったという把握だと思うんですね。こういったところはいわゆる写実とか写生というものを超えて対象を捉えようとするような独自な感性が、よく表れているんじゃないかと思います。同じようなタイプで言いますと、「**本入れて鞄の深くなる夜寒**（138）」もともと深さのある鞄じゃなければ本は入らないですよね。本を入れたことによって鞄の深さを一層強く感じたということなのかもしれません。そこを思い切って「深くなる」と断定的に言っているんですね。「夜寒」という季語がその鞄の中の暗闇とか奥行きというものとよく響き合っているんじゃないかと思います。私は結構好きな句集でした。ただ髙柳さんがおっしゃったことだとか、それから少しリズムが、関さんはリズムが整っているとおっしゃっていたけれど、字の足りないものもあったりして、「**百合の香へ真つ赤なカーテン引かれ**（163）」これは字足らずだと思うんですよね。読んだ時に「真つ赤なカーテンの引かれ」だったら五七五のリズムに乗るんですけど、ちょっとつんのめるような感じがしてもったいないなと思いました。もう少しリズム感を大事にして作って頂けるとよかったかなと、そんな感想を持っております。

小山玄紀句集『ぼうぶら』（こやまげんき・ぼうぶら）

司会：次は小山玄紀句集『ぼうぶら』です。小山さんは一九九七年生まれの二六歳です。「群青」の同人です。では一点を入れられた髙柳選考委員、お願いします。

髙柳：何と言ってもこの句集を眺めていて一番特徴的なのは無季俳句ですね。有季もいい句があるんだけど、やっぱり無季俳句を入れたということは有季定型の俳人にとっては、無季にせざるをえなかった必然性、切実さがあるんだろうなと思うんですよね。その切実さと一緒に読んでいくことになるんですけど、でもちゃんと緊張感の糸を張っていると言いますか、どの句も無季で書かざるをえなかった何かというのを感じるところがあったんです。ざっと挙げていきますけれど、無季の中で好きだったのは「**列柱と林の境界に眠らう**(68)」「**遠ざかりつつ友人は楔形に**(71)」「**本当に脚気となりぬ塔の中**(76)」「**いつまでも都の羽根を持つてゐる**(79)」「**旅せむと胸の柱をばらしておく**(120)」「**棘描くうちにすつかりよくなりぬ**(146)」一言で言ってしまえば孤絶感とか、他者との糸が切れてしまった感覚ということなんでしょうけれど、何かぴりぴりした切実さを感じました。今現在作られている俳句の九九％が有季定型で、無季俳句の評価軸というのがなかなか定まらないので、評価が難しい。そしてそれを分かっていて作者もこれを出していると思うんですが、私としてはこれはひとつの意欲的な俳句の可能性を広げる試みとして見たいなあという風に思うんです。過去にあったような、災害や戦争とともにあった無季俳句とはまた違う無季俳句がここに書かれているという風に私は位置づけたいと思いました。その一方で有季の句の中にも好きな句は多かったですし、それぞれ小山さんらしいじめっとしたような世界観が展開されていて、そこも含めて評価したい気がしました。「**鎌倉の未亡人より賀状来ぬ**（23）」とか、嘘か真か分からないんですけれど（笑）、この妖しい感じ、ついついこの未亡人に惹かれてしまうような感覚というのかな。「**白シャツ著て神の勉強捗りぬ**（77）」というのも何か惹かれるんですよね。「神の勉強」というのは神学のことでしょう。「白シャツ」は、それを着ている人物の無垢な精神も思わせます。清廉な心を持ち、神について学んでいるこの人物が、世界の邪悪とどう向き合っていくのか、やや危うさも感じさせます。「**鶏はすでに眠りぬ流灯会**（85）」というのも、鶏と流灯との道具立てで田園風景を想像させているのが上手いですね。しかも、構成的な印象を与えることなく、さりげないです。「**父達の橋の計画秋の蝶**（98）」俳句らしくなくて、現代詩的な世界なのかなと思いつつ、過去の「父達」が架けた橋だとか建物だとか、そういったものが諸々、世俗的に言えばインフラがどんどん維持できなくなっている時代なので、そういう現代というものを象徴的に表している句なのかなと思いました。「**受験生より電話来る渚かな**（129）」これも非常に惹かれる世界でした。この中ではややテイストが違うとも思いつつ、「渚かな」というところに持っていくのが小山さんならではかな。普段人が生活している場所じゃなくて、作者自身が渚にいて、受験生も遠くにいるし受験生が入学する学校も遥かにあって、社会から隔絶しているようなところで人間くさい報せを受けるというところが面白かったと思います。全体的に孤独というのがひとつのテーマになっているのかな。その一言で済まさないように手を変え品を変え、無季俳句も援用しながら自分の孤独を句集全体で訴えかけてゆくという、そういうタイプなのかなと思いました。ということで有季にも無季にも読みごたえのある句が多かったと思いましたので三位に位置付けました。

関・私も三位に入れましたけれども、これは季語があるかないかの話で言うと、無季の句も交ざっていますがよく見たら季語の入った句も結構あって、その使い方が川柳みたいにたまたま季語にあたる言葉が入ってしまったけれど季語としては使っていませんという入り方ではなく、ちゃんと季語として活かす形で入っているものが多いです。他の要素としては鎌倉とか甲斐みたいな地名が入ったり、友人・友情という要素と父や母という家族関係ですね。あと素材として茸山・茸狩の一連なんかがありますけれども、その辺だけでほぼ世界ができているので、意識されている世界が非常に狭いという感じはする、しかしここに、好みが偏っているというだけではない何らかの切実な狭さがある気がする。これを読んだときにどう評価すべきかちょっと困って、候補作全部を読み終わってしばらく時間が経って、心に残ったものが何かあった句集ということで浮かび上がってきたので残しました。完成度とか達成度、あるいは俳句の結晶度というところで言うと多分これは上位に入れるのは難しい。独自なことはやっている。「**絶えず鏡へ流込む谷の噂**（20）」「**白い花批判しておいて橋渡る**（80）」ここら辺はかつての前衛俳句の文体に接近してしまっていて、やや時代がついてしまったようにも見えます。あまり陽性でない要素が多いです、「流込む谷」とか。川柳と俳句とどっちからも読めてしまう句というのもいくつかある。「**先生の幸せさうに立つ中洲**（60）」これは無季ですね。「**鍵盤の光に気付く客一人**（75）」「**とても長い馬と少しだけ怖い馬**（88）」この辺は面白くて好きです。無季俳句と川柳、どっちからも読めるということは、川柳の側へ完全に逸脱した文体にはしていないということです。

一定の歯止めがある。「**盆の縁なぞりてこその友情よ**（22）」という親密なのかちょっと気持ちが悪いのか何なのかよく分からない句も変さが面白い。これは無季ですけれども、家族や友人など人との感情的な繋がり合いが入って来る句では、季語はわりと多い気がするんです。この人の場合主体の位置が変と言うか、自分がこういうことを言いたいということを出しているわけではなくて、孤独感なり何なり、名前が付けられるものがはっきりあるのかどうかも分からない。自覚できているかも分からない。現代美術のマルセル・デュシャンが晩年はまっていた概念にアンフラマンスというのがあって、日本語で「ものすごく薄い」という意味で「超薄」「極薄」と訳されています。その例として、座席に人が座っていてその温みが残っているのがアンフラマンスだというのがあります。つまり影のように実体がない何かの痕跡、何かと何かの間の痕跡みたいなもので、ただそれ自体には実体がない。この人の位置というのは、そういうところに作者自らがはまりこんで、そこから両側の物、季語と家族とかそういうものを詠むということをやっている感じがします。狭間のところでふたつの要素を出会わせるそのやり方が特異なもので、題材だけじゃなく文体からも狭い印象が少々出てくるのですがそういう中で面白いものもいくつかあって、「**避暑の姉妹それぞれにある鹿のイメージ**（162）」やや長めの句ですね。この「それぞれにある鹿のイメージ」というのは何が言いたい句なのか、相当に怪しげな言い方になっていますけれども、姉妹それぞれが抱えるイメージのずれとしての「鹿」というものが出てきている。あるいは姉妹がそれぞれ鹿に似ているのかも。「**蝶の貌見えてくるまで髪洗ふ**（154）」この方が普通にいい句として取れるかもしれないですね。髪を洗っていて、目をつぶっていて、意識が空白みたいな状態になって「蝶の貌」が「見えてくるまで」という不思議なイメージが突然介入してくる。そういう何かが入ってくる場に自分がなっている、そういう句の作り方をこれは表して、その中でひとつの達成になっているんだと思います。単独の句として面白かったのは「**白藤や夢の東西南北に**（141）」これはあんまり例のない作り方の句ですが、夢という言葉を入れると説明的になるというか、何をやっても不思議ではなくなるのにかかわらず、夢の東西南北にある白藤というものになっているので、これは夢の中だけで話が片付いていないですね。コスモロジーのようなものが出来かけている。ということで特異な制作主体の在り方が窺われる独特な句集として評価しました。

佐藤‥これも私が跋文を書いた句集です。先ほどの岩田くんのとはまったくテイストが違いまして、そもそも小山くんが「玄黙」と名乗っていた時代に星野立子新人賞も取っていますし、その頃は全部有季定型でやっていたんです。ところがある日名前を本名に戻しまして、そこから先はこういった色んな冒険をし始めた。この句集を作る時は玄黙時代の作品を完全にばっさりと切り捨てましたね。岩田くんの句集には結構高校時代・大学時代の作品も入っていますけれど、そういったものを一切捨てて、自分はこういう道を行きたいんだという意思表示をしたんじゃないかなと私は受け止めています。孤独やそういう言葉もお二人から出てきましたけれど、私もやはりそういうものをこの作者の根底には感じます。ある種の世界への違和感というか、自分という存在へのもどかしさだとか、そういったものを感じさせるテイストというのがやはりあるでしょう。それから世界の捉え方というのがいわゆる写実的に、調和的に世界を見るというよりも、もう少し超現実的な摑み方をしてこようとしているんじゃないかという気がしています。「**呼鈴に繫つてゐる浮寝鳥**（59）」これも変な句ですよね。浮寝鳥を引っ張ったら呼鈴に繫がっているかと言ったらそんなことは全然ないんだけれども、小山くんの捉え方としてはそうなんでしょう。そこは遠いけれど、そう言われればそんな気もするなあと説得されるようなところもあったりします。或いは「**しろがねの盆の無限に夏館**（75）」さすがにどんなに大きな夏館でもお盆は無限にはないですよね。でも「夏館」というのは本質的にはそういう存在なんだ、いくらでもお盆が次から次へと出てくるような場所だ。それはもはや現実の夏館というものを超越して、夏館というものを純粋化していった結果としてそういう世界があってもいいんじゃないだろうか、と思わせてくれるようなところ。その辺りに共感できればこの句集を面白いと思えるだろうし、発想としてあまりにも難解だ、突飛すぎると思う人にとってはこの『ぼうぶら』という句集は難しい句集になってしまうところもあるでしょう。私はそんな思いでこの句集を見ています。

髙田：今回の応募者の方々をほとんど存じ上げないのですが、小山さんに関しては、「玄紀さん」は存じ上げませんが「玄黙さん」には何度かお目にかかっています（笑）。玄黙さんのイメージはバランスがよくて安定感があって、調和が取れていて、一言でいうといい子でした。話していると年下であることをあまり思わせないというか、落ち着きのある方でもありました。よくよく考えると私の子世代で、誰かに脇から「もう孫じゃない？」と言われたことすらあります。昔のご本人を知っているがゆえにそのバランスのよさのようなものを句集では破りたかったのかな、などと考えました。人を楽しませるのではなく、自分を楽しませたい。人を満足させるのではなく自分を満足させたい。ある意味では社会人となった実生活と俳句の世界とで新たな均衡を求め始めたのかもしれません。「**鎌倉や歌声のする穴一つ**（19）」鎌倉ですからね。かつて謀殺された人々の声が、その穴からわんわん響いてくるのかな、「歌声」といっていますが。「鏡」も気になりましたが、私は「**芒原**」が気になっていて、「**顔の乾いてゆきぬ芒原**(40)」「**友人を取込んでおく芒原**(51)」「**踊つつ芒原より現れぬ**(90)」。「顔の」の句は「顔」を「かんばせ」と読めば五七五のリズムになります。もしこれを「かお」と読ませるのならば、また少し違ったことになると思うんです。ここに「かんばせ」という読みが入ると、存じ上げている玄黙さんの顔がちらっと見えた気になります。リアルな作者のことを考えながら句集を読むということは、殊に若い方々のことはあまり存じ上げないので、これまでして来なかった、というよりできていなかった気がするんですけど、この句集は例外ですね。「**崩壊してしーんとしたり冬の朝**(60)」阪神大震災のとき、私は大阪にいたのでその朝のことを咄嗟に思いました。作者の年齢を思えばそうではなさそうですが。この句集は昔の句を一切捨てて編んだとのことですが、そうであってもなくても句集は出した時点ですべて過去。過去の集積です。現在の作者が句集の中の作者と全く同じとは誰も思いません。若い方の場合、変化が激しいですからなおのこと。もしかすると捨てちゃったのが『ぼうぶら』、捨てずに入れておいたのが『**膚**』かもしれませんね。でも高柳重信みたいに、初期作品を整理して後から出した例もありますから、そんなことも含めて、先の長い皆さんがどんな面白いことをなさるのか、楽しみにしています。

鈴木光影句集『青水草』（すずきみつかげ・あおみくさ）

司会：二点の句まで終わりまして、ここからは一点が入りました句集です。まず鈴木光影句集『青水草』です。鈴木さんは一九八六年生まれの三七歳、二〇一六年に「花林花」に入会して、今は編集長をされています。「沖」にも入っていましたが、そちらは退会されています。第四回俳人協会新鋭評論賞を受賞されています。では一点を入れられた佐藤選考委員、お願いします。

佐藤：この方も非常に独特の感性があって、世界を見つめる眼差しがユニークな方だと思いました。特にそういうものが表れている句を例に挙げますと「**蜃気楼歩き続けて脚になる**⒁」これは自分自身が脚そのものになってしまったというような把握だと思うんですけれど、ちょっとカフカみたいな世界です。「蜃気楼」という虚の世界を見ているうちに、何か自分の中にもそういうものが乗り移ってしまったという感覚なのかもしれません。非常に印象深い句でした。感覚的なものが多いのかと思えば写生的なものもあって、例えば「**麻服の気だるき腕に従へり**㉓」という句です。なよなよと萎えてきた麻服の状態だと思います。自分自身の気だるい腕にまとわりついているように麻服が従っている、という把握だと思いました。これは麻服というものの質感もよく捉えられていますし、ある種の発見もあると思います。ほかにも「**なまはげの働き者の手でありし**(50)」お面を取ったその人の存在に眼差しを向けている。こういったところも意外とありそうでなかったところかなと思いました。この辺が私の評価したポイントです。ただ少し難解すぎるだろうなというものもあって、例えば「**冬菫旅の終はりの音に似て**(111)」というのは正直分かりきれないところがありました。「旅の終はりの音」ってそもそも何だろう。しかも「冬菫」が音に似ているというのは何だろう。難しさが二重になってしまっているんじゃないかと感じました。この辺りは読者が少し共感し切れない部分だったのではないでしょうか。あるいは少し観念的過ぎるもの、例えば「**人類を言葉が繫ぐ除夜の鐘**（167）」となると少し立派過ぎてしまうというか、テーゼを言ってしまっているようなところがあって、少し惜しいなと思ったところです。すごくユニークで独特な感性に一票入れたいなと思って今回三席でこちらを推しましたけれど、もう少しご自分の良さというものを自覚されて、どんどん伸ばしていかれたら良いと思った句集でした。

髙田：「**殖えてゆく鬼節分の雑踏に**（7）」最初の句ですが、アンニュイな感じ。ここから始めるところに「青年」らしさを感じました。「**ハロウィーン人の仮装で歩きをり**（35）」にも共通するものを感じます。仮装はしていない、つまりこれは仮の姿なんですよってことですよね。雑踏やその中にいる自分をどんな風に捉えるかが特徴的な方かもしれません。「**自転車の刺さり絡まり合ひ凍つる**（38）」かなりしつこい句です。アパートや駅前の自転車置き場のぐちゃぐちゃを見て詠んでおられるのかもしれません。自転車という無機物でここまで仕立てるのは力技です。「**春ともし一夜《ひと》をかけてまたたけり**（85）」これは理屈なしに好きな句でした。作者が青年か老人かで鑑賞が変わってしまう気もします。タイトルに「青水草」を選び、「**少年の涙痕《るいこん》に生ふ青水草《あをみくさ》**（83）」を前面に押し出しているところなどからも、青い、青年期の句集だという位置づけを、自ら意図して演出しているのだろうと思いました。次は何色になるのかな。そういう楽しみもあります。

髙柳：表題句の「**少年の涙痕《るいこん》に生ふ青水草《あをみくさ》**（83）」は痛ましくも美しいイメージに惹かれるところはありました。涙痕と川のイメージが重なってくるような。全体的に実験精神と言いますか、既定の俳句に留まらない何かを摑もうとしているところは、田中裕明さんの作風とも通いあっている。実験精神の句は好きなのが多かったですね。「**夜業人に夜の暗さは明かされず**(29)」というのも、恐らくは過酷な環境で働かされる人にとって、工場みたいなところで中は明るいんだけど外の闇が隠されているということでしょう。社会の目に触れないところでそういう労働を強いられているのかなというニュアンスが出てくると思いましたし、「**秋の蠅あれが叫びだつたのか**(30)」字足らずなんですね。でもこの字足らずは効いているような気がしました。そういう苦しい人、辛い人が何かぽつりと言ったんじゃないかな。でも今から考えてみればあれはただの言葉、ただの呟きじゃなくて叫びだったんだと後から気付くといった感じでしょうか。そういう、取り返しがつかないものに対する後悔みたいなものが字足らずで表れているかなと思いました。「**蚯蚓焼カレテ居テモ跨イデ出社セヨ**(17)」この作者は、蚯蚓がアスファルトの上で干からびているというところにどうしても目が行っちゃうんですね。自分を重ねているかもしれません。そういうものに目を向けるなと言ってくるような社会の圧力というんでしょうか。そういうものを感じます。こういうのは電報調と言うのでしょうか、全部カタカナで書いてあるところなんかがこの方のひとつ試したかったところなのかなと思います。「**解体の瓦礫へ異邦人の汗**(99)」は、さっきの「夜業人」と同じテーマなのかなと思いました。外国人労働者が日本の災害で生まれた瓦礫を片づけている。そんな状況への静かな憤りみたいなものが感じられました。「**歩き来て顔に渦なす枯野人**(105)」というのも、これはイメージの面白さですよね。シュールレアリスムの絵画のような感じで、顔だけ異世界に通ってしまっているところを詠っているのかな。「**如月の玻璃の隔つるもののなし**(144)」これは虚を突かれたような上手い表現だと思いました。たしかにガラスがあるんだけれど、そこにガラスがあるとは思えないような光の透明感。「如月」という季節の、光の清らかさというのが表現されていると思いました。「**壁の絵に眼差しのある鰻かな**（152）」これは鰻の落としどころが面白かったです。洋館の風景にしてしまうといかにもな句になってしまうんだけれど、鰻を食べながら妙に壁の絵の人物の眼差しが気になっているというんです。この季語の飛躍なんかも面白かったです。色んな形で従来の俳句から少しでも抜け出そうとして、奮闘されているという感じがしました。すごく共感するところがある一方で、ややそれが上滑りに終わっているというか、強引な表現も多々見られるようにも思います。帯で齋藤愼爾さんが取り上げられていましたけれど、「**摘草や母の野性の胎動す**（58）」私はこの句はちょっとよく分からなかったです。母の中に野性が胎動しているというのは、「母」だから子宮があってその中に野性的なエナジーが沸々としているということなのかな。読者を混乱させてしまうようなところがあるんじゃないかなと思います。こういうのは少し疑問でした。

関：これは今まで出てきた候補作と違ってもう少し近代文学寄りというか、内面とか近代的自我というのが割と最初にしっかりあって、そこから物を見て、苦しい立場に置かれている人に対して共感したり、哀れみというかそういう目を向けなければならないという思いが根底にある句集です。内面や心をとにかく見ようとしている。最初の「**殖えてゆく鬼節分の雑踏に**（7）」というのは人の心のことでしょうし、「**常人《じょうじん》に棲むなまはげの如きもの**（49）」というのも、人々の内面に棲む激しい異様なものを見つめようとしている。ただ、これはなまはげの一連の句の中で佐藤さんが挙げて下さった「**なまはげの働き者の手でありし**（50）」、なまはげを茶化しながら共感する、良識的な目線の句と一緒に並んでいて、その両方の目がある人なんでしょう。内面に棲む激しいものがありそうなんだけれども、それを低体温な感じで抑えて出していって、本人はそれを水の底から見ているような感じがあります。そこの在り方が面白いです。人の内面や心に直に迫ろうとしていながら、その途中にふと見えてしまう変なイメージみたいなものがあって、そのとぼけたところにおかしみがある句が私は印象的でした。「**幽霊にしては日傘をさしてをる**（23）」幽霊のような人間なんでしょう、「幽霊にしては」なので。それが日傘をさしている、存在感がぼやっと細い感じの人が来てそれを茶化しているんだけれど、こういう目はなかなか出てこないでしょう。それからこれも視線と水の関連で「**水見えてくるや海月をみてをれば**（25）」これは常識的に、アニミズム的に迫ろうとした句にはならない。海月も生き物だからそれを見つめていたら、海月の本性や海月の心が見えてくるのかと思いきや、じっと見ていたら即物的に水が見えてくる。自分に対するはぐらかしみたいなものがあって、真剣で真面目なんだけれども、その結果として時々現れる奇妙なイメージというのが一番この句の見どころのような気がします。それが社会へ向くと「**フレコンバッグ呑みて光の山眠る**（77）」これは福島の原発事故の後で放射線で汚染された土を詰め込んだフレコンバッグが嵩んだわけです。フレコンバッグの句は割とよく作られはしたんですが、「光の山眠る」ですね。山に積まれて雑草まみれになっていたりという当たり前の光景から一歩内面性に突き進んで、フレコンバッグを呑み込んだ光の山というものが出る。そういうものを押し付けられて、それを呑み込んでいく自然に対して内面的に一体化しようとしている句です。「**長距離トラック都心へ入りぬ春灯**（85）」これもトラックのドライバーの苦労、都心へ入ってほっとしたであろうというところに、長距離トラックを外から見ている目線なのにいきなり目が行く。「**細道に入りし介護車冬椿**（138）」これも日常時々見る光景ではあるんですが、「細道に入りし」に、こんな細い道の先にも人の家があって、そこで介護を必要とする人がいて、それを世話する人がいるというところを感じ取っているわけです。それを「冬椿」でまとめている。傍から見ている目線ではあるんだけれども内面的に共感しなければ気が済まない。それを低体温的に押し殺しながら、沈めながらやっている。「**マスクてふ白装束の世なりけり**（118）」コロナの句ですね。これも世の中一般を解説的に眺めているように見えて、自分の内面の話をしている。白装束という、常に皆死ぬ覚悟をして街へ出ている。実際にはそこまで考えていない人もいて同調圧力でしょうがなくやっているけどそんなにコロナを怖がっていない人もいるかもしれない。そういうようになったと自分は受け取って、自分の心を通して間接的に社会を描いた。そういう方法で、社会的な関心と内面的な共感とが合わさった結果、類型的になることもあって、「**沖縄忌海は不屈に透き通る**（89）」「沖縄忌」で「不屈」が出てくるとどうしようもなくなりそうなんですが、これは海が透き通るというイメージに収斂させたことでかろうじて身を逸らした危うい句です。成功してはいないかもしれない。「**歩き来て顔に渦なす枯野人**（105）」は奇怪なイメージが見えて面白いです。人に枯野の混沌がのりうつる。「**鯛焼の少し笑つてゐるらしく**（108）」これも顔があるからか鯛焼に少し共感してしまっている、しかしアニミズム的な共感ではなくてちょっと相手に笑われている感じもして、鯛焼きが不気味な存在にも見える。そういう、普通の良識的な内面を持った人が共感とか同情を寄せつつも、その途中で見えてくる不思議なものが見どころでした。

越智友亮句集『ふつうの未来』（おちゆうすけ・ふつうのみらい）

司会：次は越智友亮句集『ふつうの未来』です。越智さんは一九九一年生まれの三二歳、二〇〇六年に第三回鬼貫青春俳句大賞を受賞されています。池田澄子さんに師事されています。それでは一点を入れられた髙田選考委員、お願いいたします。

髙田：句集を拝読したあとで気づいたことですが、池田澄子さんが書かれている序文に、私の惹かれた理由がすべてであることに気づきました。かいつまんで読み上げますと、「微妙な感覚や心象や現象までを、充分に苦労しながら突き詰めて、そっと差し出す。ほんの思い付きです、と思わせるところへ行きついてから差し出す」そして「詩的認識をそのままにせず、下五で何事もなかったような形にして身に引き寄せている」という部分です。予定調和に終わるまいとして、最後に下五のあたりでぐいっと捩る詠み方もよく見かけますが、この人にはなかったのですよね。実は、どちらかというとそういう傾向の句集かもしれないと思いながら読み始めたのですが。かといって予定調和でもありません。池田澄子さんの種あかしがあってこそですが、そうか、そういうことなのかと、発見というか、ことんと腑に落ちるものがありました。桜の句から申し上げます。「**通学の電車とバスと桜かな**（25）」「**さくらさくら電車が通り過ぎて風**（44）」「**さくらさくら吸う息に疫病居るか**（130）」若い頃から現在へ時系列を追って並んでいます。共通するのが桜で、詠む人が年を重ねていきます。まず通学の頃の若い姿が見えてくるし、「電車が通り過ぎて風」はありそうなフレーズですが、「さくらさくら」によって落花がぶわっとたったんだろうなと景が見えてきます。最後の句は新型コロナ禍の際の句。当初は何も分かっていなくて、私も、息をしてもいいんだろうかと思いました。ちょうど桜の頃でしたよね。こう描かれると今では懐かしさすら覚えます。そのほかには「**思い出せば思い出多し春の風邪**(20)」これは森賀まりさんの「白桃や過去のよき日のみな晴れて」(『しみづあたたかをふくむ』ふらんす堂)をふと思いました。この方の場合は春の風邪なんですね。「**塩・胡椒・砂糖・春光・母の声**(20)」意味を正確には読み取れないんですが、目覚めの時の、春のある日の夢から浮上してゆくときの感覚を詠まれた気がしています。「**体温はたましいの熱梨を食う**(37)」、前半は思わず用心する措辞ですが、「梨を食う」に着地されたことによって、腑に落ちる一句になりました。「**銀紙ごと板チョコを割る雪が降る**(69)」「雪が降る」によって、それまでの板チョコを包んだ銀紙がふっと曇った気がしました。この「雪が降る」の置きかたは上手いです。「**終電に駅は残され悴みぬ**(117)」駅を擬人化なさっていますが、この悴み方なんかも好きですね。この方にとって季語や定型は最優先の要素ではないのかもしれませんが、私自身が慣れたいつもの読み方をしても、全く違和感なく読み通せる句集でした。ただ「**ゆず湯の柚子つついて恋を今している**(15)」という句は、あとがきによると最初は「ゆず浮かべ父と政治の話かな」だったそうで、どう推敲するとこうなるのかしらと、そういうところは想像のつかない句集でした。

関:『新撰21』(邑書林)というアンソロジーが二〇〇九年に出まして、その時に鴇田智哉さんと私が最年長で、越智友亮さんが最年少の参加者でした。いわば私の同期になる。そのあと越智さんが藤田哲史さんと同人誌をやっていた時期があり、俳句を続けているのかよく分からない時期があって、句集が出るまでに随分時間がかかって、ようやく出てくれたという感じです。口語調にウェイトがかかった俳句をやっている人はいないわけじゃないんですが、人数としては少ないでしょう。そういった意味で俳句の中では貴重なキャラクターだと思います。口語調で俳句を作るのは文語調よりも大変なので、資質的に向いているんでしょうが、その中で文体を維持している。ゼロ年代に発表され始めてアニメ化もされた『涼宮ハルヒの憂鬱』（角川文庫）という谷川流《ながる》のライトノベルがあって、私それを読んだときに地の文の男子高校生の語りが、とにかく突っ込まれないよう、あらゆる予防線を張らずにいられない感じの自意識に富んだ文体だったので、初め読みにくくて仕方がなかったんですが、見ようによっては越智友亮さんは俳句でそれに通じる自意識上のリアリティを文体化している唯一の作者なのかもしれません。題材的にもその時その時入って来るもの、新しい風俗をどんどん入れてしまっているので、ＩＴ関連の言葉なんかがあっという間に陳腐化または歴史化していく。「**焼きそばのソースが濃くて花火なう**（49）」は発表時には話題になりましたけれども、これはツイッターが平和だった時代の話で、「〇〇なう」と自分がどこで何をやっているかを暢気につぶやけていた時代はあっという間に終わってしまった。今は「なう」なんて使っている人はいないわけです。「**着ぶくれて駅に着いてますとＬＩＮＥ**（122）」「**鳥ぐもりＳｕｉｃａはぴっと反応し**（124）」ＩＴ関連のものとか、そういう変化に身構えないでどんどん入れていってしまって、それが結果としてその時代の風俗の歴史みたいな形で残ってゆく。今の時代の流れの速さみたいなものが結果的に見えてきて、そこは作者の狙いじゃないのかもしれませんけれど、題材が陳腐化するというのは最初から分かっていることなので、これも口語調を使う中そういうものだと覚悟してやっているのでしょう。時代風俗を打ち返していく俳句としての面白さはあると思います。入れ方としては誰でも思いつくような、ツイッターを俳句に取り入れるとしたら最初はこういうやり方になるよねということだけではなくて、その中でちゃんと個性が出ています。それから基本的な心性としては心配性だったり不安に陥ったりしやすい要素が色々あるんですよ。「**枇杷の花ふつうの未来だといいな**（141）」と未来を気にする句が結構あったり、「**冬の金魚家は安全だと思う**（16）」の裏返しの危機意識とか。人との会話が途切れる場面にすぐに気が付いてしまって、そこで心細くなるというか相手が今退屈しているだろうなと思ってしまっている句があって、「**夏の月あぁと言われて会話に間**（89）」「**相槌うって君は話さずオリオン座**（113）」。恋人や友人との会話が上手く回っていないところや先行きの不安という要素が文体の明るさで中和されているという、これは独自の世界だと思います。渡邊白泉の「われは恋ひきみは晩霞を告げわたる」（『渡邊白泉全句集』沖積舎）ほどの致命傷は負っていない。内面まで完全に明るいと全然別のテイストになってしまうでしょうね。この作者は結婚して三〇代に入っているのでさっきの青年ならではの老成を示す岩田奎とは対照的というか、口語風の文体でこういう主体性で押してゆくという、これはこれで相当覚悟と技術のいる行き方でしょう。楽し気な中で都市生活のリアルを独自のスタイルで抉り出した句集と言うことができると思います。「**マスクメロンの綺麗な編目西葛西**（62）」というのがあって、そういうせせこましい都市生活の中のリアルさというものが、自分を通して等身大に出ている。ただその「等身大」は全く何も考えないで出てくるものではなくて、相当推敲し抜いてやっているんでしょう。池田澄子さんの序にもありましたけれど。その辺りのバランスで、幼さの残る作者像と文体の作り込みとの緊張感がある句集という気がしています。

佐藤：越智さんも昔の俳句甲子園で会ったことがあります。甲南高校だったと思いますけれど。もう三〇歳になったんだなあという感じです。口語句が多いことは事実ですけれど、実は結構文語も使っています。完全な口語句ではありませんね。ただ、池田澄子さんのご指導もあって、いわゆる難しい、辞書を引かなければならないような言葉遣いはしない。基本的には平易な言葉で身の回りのものを拾ってゆく、そういう姿勢で作られているということは思いました。全体としては非常に若々しい感じの句集になっていると思います。年齢以上に若さを感じる句集。当然、最初の方の句は若い時の句でしょうから、「**雪もよい湯気のにおいのからだかな**(15)」これなどは若々しい一〇代の感性が非常に健康的によく出ている句だと思いました。「**潮風にロープは強し夏つばめ**(48)」これは多分『新撰21』に入っていた句じゃないかなと思います。この辺りもしっかりと出来ている句で、いいと思いました。ただやっぱり年齢とともに深まりを増しているかというと、ちょっとそういう感じでもないかなあと正直思ってしまいました。こういう文体でやっていくので、なかなか難しい側面はあると思うんですけれど、俳句としてもう少し進化してほしいなという気持ちはありました。もうちょっと自選の段階で平板な句を削ってよかったのではないかなという気がします。「**水張りし田にマンションの映りおり**(26)」これはたくさんあるパターンだと思うんですね。代田に色んなものが映り込んでいるという、それが山なのかマンションなのかという違いがあるのかもしれませんけれど、こういうのはもう少し自選の段階で削る必要があったかなと。あるいはＬＩＮＥだとかツイッターだとかＷｉ－Ｆｉだとかそういう新しい言葉を詠みこむというチャレンジは、私は全然構わないと思います。

けれど関さんもおっしゃったように、過ぎ去ってゆくスピードが速い題材なので、結局一〇年二〇年経った時にああ、そんな時代もあったよねとなってしまいがちな素材だとは思うんです。そういうのに比べると「**潮風にロープは強し夏つばめ**（48）」の方が二〇年経っても古びない。色々チャレンジされることには全然反対しませんが、やはり年齢とともにもう少し自分の俳句を深めていってほしいなという気はしました。

高柳：第一章の「十八歳」が一番惹かれる句が多かったですね。愛誦性の高い作品ですよね。「**冬の金魚家は安全だと思う**（16）」「**古墳から森のにおいやコカコーラ**（26）」「**今日は晴れトマトおいしいとか言って**（30）」「**草の実や女子とふつうに話せない**（39）」ちょっとJ-POP調と言えばそうなんですけど、若者にとっての共感性が高く、ついつい口ずさんでしまう。こういう作風はやっぱり越智さんを措いて他にいないと思うんですね。彼も変化する作者で、実生活の変化とともに作風も変わっていったんですけれど、「**セロリ齧る世界に愛は満ちている**（123）」「**しあわせや花びら餅に淡き餡**（140）」「**佳い夫婦なり肉まんを割れば湯気**（141）」三〇代になった時の句と、さっき挙げた「**冬の金魚家は安全だと思う**（16）」の句ですね。この句は反語だと思うんですね。家は安全だと思うと言っているけれど、それは本当なんだろうかと言う問いかけが自分の中にあって、外界も衰退・崩壊の兆しがあってそれが家の中にも入り込んでくるんじゃないかという、その反語の感じがさっきの「**セロリ齧る世界に愛は満ちている**（123）」や「**しあわせや花びら餅に淡き餡**（140）」や「**佳い夫婦なり肉まんを割れば湯気**（141）」ではちょっと薄れてしまっているように思って。これはいい変化なのか悪い変化なのか、表現上ではやや衰退という風に言えるのではないかと。本当にいい夫婦になったねという感じがするんですね。反語のパンチ力が薄れている。彼なりの三〇代なら三〇代の詠みたいテーマみたいなものを持っていかないと今までの自分の文体の繰り返しになるのではないでしょうか。後は池田澄子さんの文体の影響が強いなと思いました。そこに呑み込まれてしまうような気がするんですね。この次の句集が正念場になるのかなという気がしました。輝かしい一八歳の頃の作品が収まっているだけでこの句集は価値があるとは思うんですけれど、越智さんの次の展開が見たくなる句集でした。

小川楓子句集『ことり』（おがわふうこ・ことり）

司会：ここからは無点の句集となります。まずは小川楓子句集『ことり』です。小川さんは一九八三年生まれの三九歳です。二〇〇八年に「海程」に入会し作句を開始されました。二〇一〇年に「舞」に入会しています。『超新撰21』や『俳コレ』、『天の川銀河発電所』などの共著にも参加されています。では関選考委員、お願いします。

関：小川楓子さん作品は前から存じ上げていたのですが、摑みどころがない作風という印象があって、句集を一冊読んだら分かるかと思ったらやっぱり摑みどころがなくて、幼形成熟というかこういうスタイルなのだと思いました。あとがきに出てくる阿部完市の影響とかがあるんでしょうけれど、阿部完市みたいにナンセンスの領域を経てその先にある郷愁の世界に触れるというほどの距離はなくて、好みの素材でメルヘン的というか絵本的なものを作っていっている。これも逆説的なところなんですが、他にも幻想的な要素が入っている句集はあるんですけれど、他の句集は外界や社会や他者との軋轢を起こす境界線がどこかにあるんですが、小川楓子さんにはそういうものがなくて自分の中のメルヘン的、絵本的な世界だけで完結しているので、それでかえってせせこましい感じはしないという逆説的な自由さを得ている感じはします。ただその分驚きはないから、これは心地よいと思ったらどこまでも読んでいられるし、物足りないと思えばそう思えてしまう両価的なものです。「**両手からきつねこぼしてしまひけり**（16）」これは両手で狐の影絵の形を作れますから、イメージの飛躍はそんなになく自然に移れますけれども、それをこぼしてしまったという。形骸だけ、イメージだけのものを零してしまったというところが少し不思議なところでしょう。これは意外と通じやすいですよね。それから、食べ物が出てくる句が非常に多くて、食べ物＋自分の家族、後は動物、鳥、魚かな。そのくらいの構成要素でできていて、食べ物のバリエーションが豊富です。「**きのこ料理とりわけネクタイの季節**（132）」「**薔薇にゆくのもよいと思ひますカルピス**（128）」何かを置いて唐突に食べ物が出てくるのがいくつかあって、この食べ物が重要な題材ではあるんでしょうが、それ以上の何なのか。口にし得る親しみやすい可愛いもの、受け入れられるものが、紋様や柄として入り込んでいる平面性のようなものが句にある気がします。それで楽しめる句集ではあるので、俳句をやっていない読者に今回の中で一番訴求力のある句集かもしれない。「**熱つぽく5について語るへんな毛布**（94）」もう明らかに変な毛布が出てきていますけれど、これも何でしょう。鴇田智哉さんの句に「7は今ひらくか波の糸つらなる」（『凧と円柱』ふらんす堂）というのがありましたけれど、数字が出てきてその数字に何の意味があるのか分からないという句という点では似ていますが、それを語る「へんな毛布」という結論付ける言葉が出てきて、それで完結しているんですね。これが何かの暗喩とか象徴というわけではない。

そういうものが存在する世界というのがこの句集であって、そういう世界が提示されたところでこの句集の課題は終わりということです。この摑みどころのなさの中に意外なことに謎はそんなにない感じはしました。

髙柳：言葉が踊っているというか、自由自在に一七音を楽しんでいるなという感じがしました。ただ私が惹かれたのは割とその中でも焦点が定まっている句でした。言葉のリズムだけじゃなくて意味でも読ませてくれる句に惹かれたように思います。「**かなしみに芯あるゆふべ鶴来るよ**（15）」は、鶴の白さが効いていると思いましたし、「**夕涼のくき〳〵とゆく一輪車**（69）」案外一輪車の音に着眼した句はないんじゃないでしょうか。「**かいつぶり真昼あなたがゐるやうな**（32）」というのも、安易に恋愛句と読まなくてもいいんですけど、人恋しさが伝わってくる句だなと思いました。「**きらら虫快走ご安心の毎日**（131）」これは徹頭徹尾明るい世界なので、逆に不安になってくるみたいな、面白い読み口の句だなと思いました。「**愛に似たなにか来るけどシュプール**（163）」何か感情が押し寄せてくるんだけど、それに飲まれないようにかわして逃げているみたいな。そんなわちゃわちゃした毎日も楽しんでいるようです。こういうところが軽やかに生きている感じがあって、作者の生き様がところどころに窺えるのが魅力だなと思いました。しかしやはり取り合わせの距離があまりに離れてしまって、面白さが利いていないという句もありました。「**かなかなのかが凛々しいぞ金太郎**（86）」は、何で金太郎が出てくるのだろうとか。「**換気扇まはす麦踏したかなあ**（97）」は「麦踏」という季語を無理に入れている感じがどうしてもするんですね。歳時記にある「麦踏」という季語をここで当てはめてみました、という感じになってしまっています。ちょっと理解の及ばない句もありましたけれど、すごく魅力的なダンスを見ている気分でいれば、この句集を楽しめるのかなと思いました。

佐藤：この方の透明な感性は感じました。「**たふれたる樹は水のなか夏至近し**（22）」この辺は距離のいい取り合わせだと思います。夏至への飛び方ですね。「**渡り鳥シーツに椅子の影落ちて**（118）」季節感として、渡り鳥の季節の秋の日ざしみたいなものが背景に見えてきて、感性も非常にいいと思います。感覚的な句が非常に多い方だなと思いました。「**小鳥来る夜の番地のありにけり**（26）」「夜の番地」なんていう把握の仕方。「**あの白い駅までの息探梅行**（49）」「白い駅」というような、余計な要素を捨象したような捉え方です。この辺は非常に魅力を感じる一方で、やはり感覚的すぎるものとか、あとは口語句も、むしろ越智さんよりも小川さんの方が多かったように思います。その口語句の中にリズム感がちょっと悪いものがあったように思います。口語句だから悪いなんてことは、私は全然思っていませんし、きれいな五七五に納まっている必要も必ずしもないと思います。ですがやはり読んだ時の調べとか五七五じゃなかったとしてもある種の韻文性、そこは大事にしてほしいなと思います。例えば「**だじやれに次ぐだじやれのさなか花火**（42）」なんかは、どこで切って読んだらいいのか悩んでしまいます。リズムの悪さというのが、私はこの句集の中ではひとつもったいない点だったかなと思います。後は色々傾向の違うタイプの句が入っていたということもあったかもしれません。

髙田：さっきダンスというお話もありましたけれど、私はずっと歌を聴いている気分でした。色んな歌を歌っています。鼻歌が多いようですが時々演歌っぽくなったり、とりどりに詰まっている感じです。おもちゃ箱を引っ繰り返したみたいな感じ、褒め言葉ですよ。オノマトペが面白いと思ったのが「**扇風機うるうるしながらつまむナッツ**（68）」の「うるうる」、「**夕涼のくき〳〵とゆく一輪車**（69）」の「くきくき」。こんなところから歌というイメージが出てきたのかもしれませんが、視覚だけでもなく聴覚だけでもない、全身で捉えようとなさっている、そういう意味ではやはりダンスかもしれませんね。「**秋うらら鳥ははんと首かしげ**（13）」芭蕉の「枯枝に」止まる鳥とは全く違う秋の鳥です。「**泣きがほのあたまの重さ天の川**（14）」天の川を仰ぎながら泣く、だけではべた甘ですが、「あたまの重さ」が出たことで、読者もまた一緒に仰いでいる気持ちになります。「**こまやかな雨の色なる千鳥かな**（31）」これは小川さんの先生である山西雅子さんへのオマージュかな？「**かほぎゅつと集めて吹きぬジャズは冬**（64）」冬じゃなくてもいいかもしれませんが、ジャズマンの顔をぎゅっとしているところが、自然に見えてきます。「**かなかなのかが凜々しいぞ金太郎**（86）」は「金太郎」が出て来た時点で分からなくなりましたが、「かが凜々しい」という捉え方は面白いと思いました。

伊藤幹哲句集『深雪晴』（いとうまさのり・みゆきばれ）

司会：次は伊藤幹哲句集『深雪晴』です。伊藤さんは一九八八年生まれの三五歳、「馬酔木」の同人です。二〇二〇年に俳人協会第七回新鋭評論賞準賞、二〇二一年に俳人協会第五回新鋭俳句賞、第一二回北斗賞を受賞されています。では佐藤選考委員からお願いします。

佐藤：「馬酔木」の方なんですよね。大景を描いた句が印象に残っています。たとえば「**アカシアの樹の立ち細る冬の虹**（15）」北国の情景でしょうか。「立ち細る」という造語、こういう言葉遣いがこの方はお上手というか、上手く行っているときは上手く行っていると思いました。「**明け方の鳥啼きのぼる斑雪山**（22）」「啼きのぼる」なんて動詞は普段使わないですね。要は鳥が啼きながら空を昇っていったところを、こういう動詞を使うことで省略して言っているんだと思うんです。この辺りは成功しているかなと思いました。大らかな大景を描いた句が、この人の持ち味だと思います。後は子育て俳句でもいくつか注目したものがあります。「**踏台の子と歯を磨く夜涼かな**（67）」これで大体お子さんの年齢も分かるし、ああ確かにこういう時期ってあったよなあと読者の記憶を再現してくれるような力というんでしょうか。こういう句は好感を持ったところです。ただ、決まりすぎてしまっている句というのが気になったところでした。「**咲きみちて月にしづもる桜かな**（27）」立派すぎてしまうんですよね。そもそも「桜」や「花」で「咲きみちて」という入り方は、普通は怖くてできないですよね。あまりにも有名な句があるので。そこにしかも、月と桜が両方入ってきてしまう。絵として出来過ぎてしまっているというところがあって、立派なんだけど共感しづらいというところがありました。「**月を得てうしほの匂ふ大鳥居**（83）」もそうです。恐らくは安芸の宮島の厳島神社を詠んでいるのかなと思うんですけれど、これも美しい風景なんだけどあまりにも出来過ぎてしまっている感じがある。もう少し即物的に、自分の身近な生活実感に即した句が多いと良かったんじゃないかなというのが私の感想です。

髙田：同感ですね。どの句も立派にできていて非の打ちどころがありません。でも作者がこの人でなくても良かったかもしれないと思わせられるところもあります。整いすぎていて、作者の顔があまり見えて来ない。ですが、子育て俳句は素顔に近いものが出ているようで、楽しく拝読しました。「**泣初のはじめは息を止めにけり**（12）」本当にこういう感じですよね。「**肩越に子らの顔出す初鏡**（13）」さっき「**踏台の子と歯を磨く夜涼かな**（67）」についての指摘がありましたが、この句も子どもの成長の過程を表しています。断片ではなくて、継続的な子どもへのまなざしが素敵です。「**絵日記をはみ出してゐる西瓜割**（64）」だいぶ大きくなってきました。「**子にことばゆつくり返す夜長かな**（89）」「**這ひ這ひの転がしてゆく毛糸玉**（103）」これは次の子かもしれません。子どもの俳句を当事者として詠む方が去年もいらっしゃいましたが、昭和の頃の子育ての俳句とはまるで異なるものが出てきたということが興味深いです。ただ這い這いの句については小島健さんが「裸子の尻の青あざまてまてまて」（『爽』角川書店）とお詠みですが、それと比べるとパンチが利いていない感じです。平成、そして令和のお父さんの俳句をもっと読みたいとも思いました。

関：立派すぎる、綺麗すぎるというのは言い方を変えるとアナクロニズムというか、作者本人はどう思っているのか分かりませんけれど、今見るとある意味ＡＩに近い感触が感じられてしまう。今ＡＩ俳句では情報量が足りないようで、そこまで精密なことはできませんが、ＡＩイラストの方で言うと指示の出し方次第でこれをミュシャ風に描けとか様式を変えさせるくらいのことはできるようになっているようです。それと同じように色々な題材を秋櫻子、馬醉木風にして下さいと言うとこういう句になってしまう感じがあって、それがさっき髙田さんがおっしゃった顔が見えないところになるんだと思います。立派な中でも「**あかときの雪待つ森の匂ひかな**（99）」これは綺麗ですが、「雪待つ森の匂ひ」というところに独自の体感と発見はあるように思います。これを踏み越えると立派過ぎるという感じになるのかもしれません。だから子育ての場面や卑俗な生活の場面がこの様式で描かれた時にその様式と題材のミスマッチを上手く乗り切った時が面白いと思います。子育ての句をリアルに描いていったらどんどん汚くしんどくなっていくかもしれないですが、「**抱く吾子の四肢より眠る花疲**（28）」これは子どもが疲れて眠ってしまっている。「花疲」ということで綺麗になって、「四肢より眠る」ということで、子どもの肉体の内側の感覚にも寄り添っている。子の重さがリアルでありながら綺麗にするというところが両立できている。「**テーブルをつたひ来る子や豆ご飯**（46）」これも小島健さんの「裸子の尻の青あざまてまてまて」などに比べると綺麗に描いていることになるかもしれませんけれども、これもそういう様式の中に入れて子どものリアリティを残せている。あまり秋櫻子風の捌き方に似合いそうもないものだと、「**挨拶はなし春闘の席に着く**（21）」という春闘の句がありますが、これは良くも悪くも硬さがあって情景の鮮明さより緊張感が主で句として華がある気はしません。普通の局面でも移り変わりのところに目を留めている「**泣初のはじめは息を止めにけり**（12）」とか、これは子どもじゃないですけれど「**顔寄せて火を育みぬ焼藷屋**（96）」の焼藷屋が火を熾すところで顔を寄せたのを「火を育む」という言い方にするところで、火で寄り添えている。こういう俗な題材が綺麗に描けたときに詩性が出るとは思いました。

髙柳：やっぱり大ぶりの叙景句というのは私自身憧れるところなんですけれど、「馬酔木」の水原秋櫻子だったり相馬遷子だったりという先人がかなりそういうところを書き尽くした、詠み尽くしたというところもあるので、現代で叙景句を作る難しさというのを同時に感じました。だからこそ皆さんも挙げているような子育て俳句、現代の、昭和とは違う子育ての空気を詠んだ句に皆さん惹かれたというところだと思います。それは私も同様で、

「**淡雪と聴き分けしより子と眠る**（24）」父性なんてことを振りかざさない優しさ、吾子俳句です。関さんも挙げておられましたが「**テーブルをつたひ来る子や豆ご飯**（46）」というのは、視点の高さというのかな、親は椅子に座っていて高い位置から子どもを見下ろしているのが分かるので、視座の取り方の上手い句だなと思いました。「**風鈴や子と壁に貼る世界地図**（52）」「**夕端居胡座の膝を子に分かつ**（62）」「**踏台の子と歯を磨く夜涼かな**（67）」こういう等身大の、生活感のある子育て俳句は新鮮で、惹かれるところがありました。全体的に安定感のある作者なので、賞の場ではもっと逸脱とか破壊みたいなものがあった方が選考委員としては惹かれるということで、安定感で押してくるこの句集はちょっと評価が控えめになってしまったというところです。

椎名果歩句集『まなこ』（しいなかほ・まなこ）

司会：次は椎名果歩句集『まなこ』です。椎名さんは一九七七年生まれで応募時点で四五歳、「鷹」の同人で二〇二二年に第四〇回鷹新葉賞を受賞されています。では髙柳選考委員からお願いします。

髙柳：いわゆる「鷹」の俳句の作り方と言っていいのか分かりませんが、ひとつ発見のあるフレーズを一二音でぱっと出してきて、そこに何かしらの季語を自然な形でつける。それを自家薬籠中のものにしている、マスターしているという感じがしますね。典型的なのは「**発条固き回覧板や榠樝の実**（38）」回覧板の、書類を綴じているあのクリップみたいな部分が固いなあ、しっかり綴じているなあという感じ。そこへ安易に行事や人事の季語をつけるのではなくて、「榠樝の実」というやや飛躍のある季語をつける。でもどこか発条の固さと榠樝の実の固さが通い合ってくるというところで詩的に仕上げるというね。この作り方で作られている句が多くて、それがやや多すぎるという感じがしました。そのパターンで作っているというか。そういう定型的な作り方を逸脱しているような句もあります。私が惹かれたのは「**君に返すわが香移しし革ジャケツ**（109）」これは「移りし」じゃないところがポイントかなと思います。「移しし」だから、意図的に自分の香りをなすりつけているじゃないですけれど（笑）、たっぷりと移したものを返してあげる。ここら辺にすごく覇気が感じられますね。こういうところを伸ばしていってほしい作者かなと思います。色んな俳句の作り方がありますので、それを模索している段階かなという感じがしました。「**リモコンの載るティッシュ箱花疲**（20）」も、さっきの作り方のパターンと言えばパターンなんだけれど、生活感たっぷりの「リモコンの載るティッシュ箱」というフレーズに、風流な「花疲」を合わせている。まだまだ可能性に溢れているんだけれど、他の句集よりやや手数が少なかったかなあという印象がありました。

関：大体髙柳さんがおっしゃったことと同じですね。緊迫感とか軋轢のある場面を拾っている句が多くて、それが句のインパクトみたいに感じられるんですけど、それが発想のパターン化になるところがある、そういう句集になっていないかなと。いい句を単独で拾ったら、さっきの「**発条固き回覧板や榠樝の実**（38）」の「発条固き」とか、「**軽トラを突き出る梯子年の暮**（44）」の「突き出る」とか、「**秋雨や札吐き閉づるＡＴＭ**（64）」の「札吐き閉づる」とか、「**秋寒しテトラポッドに波押し入り**（69）」の「押し入り」のくどさはいいかなと思いました。「**秋の滝崖に縋りて落ちにけり**（93）」の「縋りて」のしつこさもいい。「**畳より生ゆる卓袱台きのこ飯**（148）」これは奇怪なイメージになっていて面白い。それから「**卵黄にすがる卵白そぞろ寒**（148）」これも単に卵を生で置いてあるだけなんですけど、「卵黄にすがる卵白」と分解したところが面白かったですね。そこから緊迫感を出してしまうという。「**車載車に揺れ合ふ車寒の明**（154）」これも日常目にしている緊迫感、軋轢のある場面をちゃんと拾って句にしている。そしてそこまでで止まっています。内面性とか精神性とかいったものまでは出てこなくて、「鷹」の中で一般的であろうやり方に習熟し、その先のプラスアルファがあんまり見えてこない。辛うじてその辺りを感じるのが「**水着着てマネキン沖を見るごとし**（61）」、これは遠くへの憧れがちょっと入っています。「**西日さすソファーに吾の窪みかな**（60）」自分が入ってくると内面というより身体ですがリアリティが増しますね。「**炎天を大きな耳の過ぎゆけり**（160）」この一カ所クローズアップしたようなやり方はインパクトがありました。

佐藤：やはり取り合わせの句が圧倒的に多い方でしたよね。そんな中で働く人としての生活実感を詠んだ句が私は生々しさがあって好きでした。「**コンビニの灯を眩しめる賞与の日**（44）」ささやかな幸せというところでしょう。「**タイムカード押し雪搔に加はりぬ**（83）」まず真っ先に雪搔きをやらされているということなんでしょうけれど、こういうところは今まで俳句にあまり取り上げられて来なかったところを上手に拾い上げている。この辺りは、もっと広げていく余地があるかなと思いました。あとは取り合わせでいいなと思ったのは、「**自転車に自転車もたれ天の川**（122）」これは「もたれ」という措辞が天の川という季語と響き合っていて、健康的な叙情があると思いました。後は先ほど関さんがおっしゃった「**卵黄にすがる卵白そぞろ寒**（148）」これも「すがる」というところに何かしら微かな哀れさみたいなものがある。同じ卵なんだけれど、卵黄と卵白の質感の違いみたいなところが詠まれている。こういうご自分の言葉がしっかり生きている句はすごく印象に残りましたけれど、すべての句がそうだったかというと、描写力がもう一歩弱いなというのも正直あって、そうすると髙柳さんや関さんがおっしゃったようにある種のパターンに回収されてしまうきらいもあったように思います。描写力、ものを見る眼、そこにどういう言葉を与えていくか。そこがもう一歩伸びて来られると、もっと見どころの多い句集になったんじゃないかと。そういったところに今後期待したいと思います。

髙田：取り合わせの句がかくもずらりとという感じで並んでいました。同じパターンが繰り返されることはなかったですが、読んでいくうちに読者としては少々疲れ気味という感想です。まだ挙げられていない句では、「**茅花流しタクシー無線ざらつきぬ**（22）」「**登山ザック老犬のごと足元に**（91）」「**髪かけて耳みづみづし聖五月**（126）」をチェックしています。さきほども耳の句が出ていましたけれど、「耳」は作者にとって一つのテーマかもしれません。「**湖は森の柩や寒昴**（152）」この句ははじめの一二音が失礼ながらちょっとクサいですが、でも「冬の星」じゃなくて「寒昴」であったこと、さほど明るくない星団を取り合わせたことによって、静けさを出すことに成功したのではないでしょうか。「**冬の日や外して大き掛時計**（152）」は、取り合わせとしてはさほど飛んでいませんが、掛時計自体が持っている力を活かした句です。そういうことのできる人であることに、私は惹かれます。やはりこの句集も、著者に会ってみたくなる句集であると思いました。

夕雨音瑞華句集『炎華』（ゆうねずいか・えんか）

司会：次は同じく「鷹」の方で、夕雨音瑞華さんの句集『炎華』です。夕雨音さんは一九八三年生まれで三九歳。「鷹」同人で「新風の会」会員です。では髙田選考委員、お願いします。

髙田：「あとがき」に「これはあたしの幸福論である」と書いてあります。この方は「あたし」をこの句集の中で演じているんだと思いました。リアルなこの人がどういう人であるかを考えるより、演技を見ているように読め、と示しているのだと捉えました。惹かれた句は「**ポップコーンワゴン明るし春の風**（17）」「**城山に風のぶつかり夏燕**（23）」清々しいですね。「**七夕や笹に結ばぬ願事**（33）」本当のことは言わないわ、ということでしょうか。「**ショッピングモールの端の金魚売**（61）」「**廃校の冷たき土に触れにけり**（112）」この句は「土」が出てきたところが好きでした。この人の体温を感じる句はそれほどなかった気がしますが、城山が出てきたり、笹に結ばない願い事の話が出てきたり、土に触れてみたり、そういうところにちらっと体温を感じるといいましょうか、そういう瞬間に読者としての私の心も動いた気がします。

関：「鷹」の中では割と異端な作者なのかもしれません。これも作者の発想のパターンと言うか関心のあるところというのはかなり方向が限定されている感じはしますが、吹っ切れている。「**破壊的快感放つ炎夏かな**（64）」小川軽舟さんも取られていましたが、写生的要素はなくても炎夏そのものになりきっているようだと。これが炎夏、夏の暑さだけを描いているのではなくて、それが同時に自分の自画像にもなっているような句ですよね。自分の感じ方や関心の在りどころとか。基本的に自分の話しかしていないという気がするんです。自意識がもろに出ている句だと「**春潮や時計外せば今ひとり**（19）」は寂しげな句です。「**パンジーにあぶりだされる孤独かな**（81）」パンジーなんてそんなに火力が強そうな花じゃないんですけど、それにすら焙り出されるほど静かな心で向かい合ってしまったパンジー。それで自分の孤独に気がついてしまう。そういう繊細なところもあるんですが、その繊細さが向くのは自分の心に対してが一番強いんじゃないかという気がします。「**泣く女喚く女やアイスティー**（91）」これは戯画化された句で、喫茶店かどこかで相当騒々しい場面になっているんでしょうけれど、それを冷ややかに笑って見る視線も自分の中にある要素だと思っていて、そこにインパクトがあります。作者と非常に身近なところにあるものに反応しながら「アイスティー」で批評的な意識というか冷めているところも入ってくる。似たような感じの句で「**向日葵に襲われる夢襲う夢**（32）」。不思議な夢ですけれど、向日葵に対して「襲われる」「襲う」を両方やるこの過剰さ。ここら辺はどこまで演技でやっているのか分かりませんけれど、ある種吹っ切れた道化性がありました。

佐藤：例えば現代的素材を扱っているようなものに目を引かれました。「**春暑しストロー太きスムージー**（22）」素材として新鮮でした。「**電子書籍の明かりぽかんと雪の夜**（114）」電子書籍みたいなものを俳句の題材として取り入れてくる。こういう意欲的な姿勢はいいと思います。先ほど「あたし」という言葉を髙田さんが言われていましたし、それからやっぱりこの句集には「少女」という言葉が大変多いですよね。どこかで自画像というか、少女時代からの自分の思いみたいなものを紡いでいこうとされているのかなと思いましたけれど、その辺りが上手く行っているかどうかちょっと評価は難しいかなと思っています。後は先ほどの「**破壊的快感放つ炎夏かな**(64)」の句もそうですし、「**愛されてかつては多忙だった夏**(88)」みたいに、映像化できないようなものが割と散見されるんですね。ある意味直接的な措辞で述べきってしまっているタイプの句です。その辺りが俳句としては少し弱いかなと個人的には思うところでもあります。後は叙法のパターン化ですかね。名詞の並列化やリフレインも非常に多い。髙柳さんも「手数が少ない」と前の句集についておっしゃっていましたけれど、もう少しバリエーションはあった方がいいでしょう。その方が読者としては一冊を楽しめるというか。そうじゃないとちょっと同じようなタイプの句が繰り返し出てくるようなきらいがあって、そこはやや読者としては物足りなさを感じたというところでした。

髙柳：さっきの椎名果歩さんは端正な写生句でしたけれど、同じ「鷹」の俳人の夕雨音瑞華さんはもっと奔放ですね。かなり言い過ぎる作風なんだけど、これを是正していくというよりは言い過ぎちゃう過剰さみたいなのを伸ばしていった方が面白い作家になるのかなという予感がこの句集を読んでしまました。「**風鈴は慰める音ママはどこ**(29)」というのは現実的には子供が迷子になっているのでしょうが、同時に作者自身もそこに重ねられているのだと思います。多分、「風鈴は慰める音」という着想だけで一句読み切れそうな気はするんですよね。そこにさらに「ママはどこ」と迷子の子供を出してくる。そういうところは瑞華さんならではだなあと。句としては安定しないんですけれど、そこがむしろ持ち味じゃないかと感じました。取り合わせというより、三つ巴で勝負している。二物だけじゃなくて三物入れてしまっているというのは結構あるんですよね。「**凍星や彼女の嘘と洗濯機**（77）」これは田辺聖子さんの小説のタイトル『ジョゼと虎と魚たち』（角川文庫）みたいですね（笑）。これは三物入って普通なら散らかってしまうんだけれど、安アパートでの同棲生活みたいなものが浮かんで来て、これは成功しているんじゃないかと思いました。「**犬吼える暗き湖畔の小菊かな**（136）」よくこんな色々詰め込んだなという感じがします。これは一転して叙景なんですけれど、実感のある叙景句になっていると思います。いつもの散歩コースで、秋になって日暮れが早くなってきたことに気づいた感じでしょうか。確かに読者を意識して、読者にちゃんと手渡す技量だったりとか、そういうものは足りていないのかなと思うんですけれど、充分作家としての個性を備えている人だなというのを読んで感じられたのはよかったです。

渡部有紀子句集『山羊の乳』（わたなべゆきこ・やぎのちち）

司会：最後の句集です。渡部有紀子句集『山羊の乳』。渡部さんは一九七九年生まれの四四歳、「天為」の同人です。二〇一六年に第三回俳人協会新鋭評論賞準賞、二〇二〇年に第四回俳人協会新鋭俳句賞、二〇二二年に第九回俳人協会新鋭評論賞、第三七回俳壇賞を受賞されています。関選考委員からお願いします。

関：これも結社の中のある傾向に則しているというか、「天為」は文化や芸術を題材にする句がわりとよく出る気がするんですけれど、この句集だと「**ミモザは黄洗濯船の若き画

家（40）」の洗濯船はパリの若い画家が集まっていたアパートですし、「**テンペラの金の聖母や寒卵**（70）」これは安定した句になっていると思いますし、聖母と取り合わされることでイエスのような聖性のあるものが中にいそうな寒卵というイメージに変えているので面白いんですが、テンペラと卵は近いですね。テンペラというのは油絵より古くからある技法で、顔料を溶いて定着させるのに卵を使う。その意味で連想の範囲ではあるので、手堅さが同時に物足りなさにもなるようなところがあります。さらに文化・芸術関係の題材が出てきた俳句は大体観客としておよそ無害な位置から拝観している感じになりがちなので面白くなりにくいですね。一番真率だったのは澤田和弥追悼の句です。「**和弥の忌声なき金魚の唇うごく**（149）」澤田和弥さんは私も二回ほど会って一緒に寺山修司忌の朗読イベントに出たりしたんですが、若くして自死された彼を思って「声なき金魚の唇うごく」というのは痛切です。「**初夢は牛を尋ぬるやうなもの**（38）」はこれも少し理屈っぽいかなという気もするんですが、イメージの元になっているのは禅の悟りの階梯を表す十牛図のことだと思います。牧童が牛に逃げられてしまって牛を追うところから始まる一連で、多分そのイメージを引いている。「初夢」の句として興趣はあるかもしれませんが、全体にある常識的な連想の範囲で出来ている句が多い。「**立子忌の和風パスタをくるくると**（142）」気分がいいですが、これもまたそういう範囲の句です。この人独自のものがどれだけあるかというのが少し見づらかったです。

佐藤：宗教であったり神話であったり、実生活から少し遠いところにある素材が多かったですよね。そういう題材を詠んだものの中で私が一番いいと思ったのは「**春霙イエスの若き土不踏**（21）」この辺は妙な生々しさがあって、恐らくはイエス像を見ているんでしょうけれど、そこのリアルさみたいなものが立ち上がってくる。こういうものが私はいいと思いました。ただどうしても手触りが少ないものになりがちだろうなというところは思いました。むしろそういう宗教や神話から関係のない、もっと身近な題材を詠んでいるもの、この方が私は面白かったと思います。いくつか挙げますと「**三角が威張つてゐたるおでんかな**(65)」これはこんにゃくなのかはんぺんなのか分かりませんけれど、「おでん」という季語をこういう角度から捉えた句はあまりなかったと思いますし、「三角が威張つてゐたる」という措辞自体が非常にユーモラスで面白いと思います。「**事務所中延長コード梅雨に入る**(151)」これも片付けられていない床をたくさんの延長コードが這っているような職場のありようを拾い上げている。こういう肩肘張らない自分の生活の身の回りにあるものを取り上げている句の方が、この句集の中ではむしろ面白かったんじゃないかと思います。全体としては理知的な作風の句集だという印象が強く残りました。もう少し生活実感に即した句を多く見せて頂きたかったなというのが正直な感想でしょうか。

高柳：歴史的遺物や外国の風物を詠んだ句が多かったんですけど、それよりは、これはさっきの伊藤さんの句についても言ったんですけど、子どもと向き合った句と言うんでしょうかね。子どもを詠めばいい句になるというわけではないと思うんですけれども、この句集の中ではそこに惹かれるところがありました。「**夏雲や洗へば厚き嬰の足**(51)」というのは、「洗へば」が活きているんじゃないかと思うんです。ただ見ているだけで「厚き」とは実感しないですよね。小さいなと思うくらいなんですけれども、洗ったことで、おや意外に厚みがあってたくましいぞということに気付く。身体感覚というところですかね。そこを潜らせてるから人の心を打つ句になっているのだと思います。「**二階より既に水着**

の子が来る（85）」やや散文的な文体ではあるんですけれど、リアリティがありますよね。親である自分が着替えさせたり、あるいは一階で着替えてからというつもりだったんだけれど、子どもが自分の子ども部屋で着替えてから下りてきた一瞬を切り取ったところで、子どもの成長を実感するようなところがあるのかなと思いました。「**まんさくや庭に干したる子のシャベル**（140）」「**長き夜の耳繕へるテディベア**（166）」というのも、何てことない物に即した句なんですが、子どもへの愛おしさが感じられる句になっているんじゃないかなと思います。佐藤さんもおっしゃってましたけれど、生活感覚というのかな、肉体感覚で裏付けてもらえないとなかなか届く句にはなり難いのかなという感想を抱きました。

髙田：有馬朗人先生の系譜を強く感じながら拝読しました。有馬先生と言えばまず海外詠と母国憧憬でしょう。もちろん一言では済みませんが。この方自身の生活からというより、先生への憧れが発端となって取り上げるに至った題材も多かったように思います。ですが女性で子育てをしているところは、当然のことながら先生とは大きく違っていて、異なる側面が見えてきます。髙柳さんもおっしゃっていましたが。先生が亡くなり、同期だった澤田和弥さんが亡くなり、その後の句を詠みながら、私も心が揺れました。「**集ひきてここに師のなき椅子寒し**（126）」椅子に収束させるのは一つのパターンですが、いつもそこに先生がいらしたのに……という喪失感を抱く瞬間でもあります。「**和弥の忌声なき金魚の唇うごく**（149）」にも、亡くなってしまった方はもう何をどうしても戻ってこないんだという心の叫びが感じられました。「**たましひに匂ひあるなら花柊**（128）」「たましひ」に匂いを取り合わせるとパターンに陥りそうなところですが、追悼句だと思って読むと、花柊の白さとか、はらはらと手に零れてくる感じとか、香りとかが思われて、死者へ差し出す思いとして共感しました。

司会：ありがとうございました。これで一二句集すべて評をして頂いたことになります。いよいよ田中裕明賞を決めることになりますけれど、これまでの点数順ですと岩田奎さんの『膚』ということになります。いかがでしょうか。

関：……三人が最高点をつけているわけですからね。佐藤さんに異議があるわけでもないでしょうし。

佐藤：そうですね（笑）。私には反対する理由がありませんので。

司会：では満場一致という、感情的にはそういうことで。

髙柳：ですね。そう言っていいでしょうね。

髙田：はい。

司会：では第十四回田中裕明賞は岩田奎句集『膚』に決定致しました。ありがとうございました。

前列左から　佐藤郁良、関悦史
後列左から　髙柳克弘、髙田正子
（敬称略）

選考委員プロフィール

佐藤郁良（さとう・いくら）

一九六八年、東京生まれ。二〇〇一年、高校教諭として俳句甲子園に初引率。二〇〇三年、「銀化」入会。二〇〇七年、句集『海図』にて第三一回俳人協会新人賞受賞。二〇一三年、櫂未知子氏と「群青」創刊。現在、「群青」共同代表、俳人協会評議員、日本文藝家協会会員。句集『海図』（ふらんす堂）『星の呼吸』（角川書店）『しなてるや』（ふらんす堂）。著書『俳句のための文語文法入門』（角川学芸出版）『俳句のための文語文法　実作編』（KADOKAWA）『俳句を楽しむ』（岩波ジュニア新書）。

関　悦史（せき・えつし）

一九六九年茨城県土浦市生まれ。二〇〇二年「マクデブルクの館」一〇〇句で第一回芝不器男俳句新人賞城戸朱理奨励賞。二〇〇九年「天使としての空間――田中裕明的媒介性について――」で第一一回俳句界評論賞。二〇一一年句集『六十億本の回転する曲がつた棒』刊行。翌年同書で第三回田中裕明賞。二〇一七年句集『花咲く機械状独身者たちの活造り』、評論集『俳句という他界』刊行。「翻車魚」同人。

髙田正子（たかだ・まさこ）

一九五九年岐阜県生まれ。二〇二四年一月「青麗」創刊予定。俳人協会評議員。NPO「季語と歳時記の会」理事。日本文藝家協会会員。句集に『玩具』（牧羊社）、『花実』（俳人協会新人賞・ふらんす堂）、『青麗』（星野立子賞・角川学芸出版）、自註現代俳句シリーズ『髙田正子集』（俳人協会）。著書に『子どもの一句』（ふらんす堂）、『黒田杏子の俳句』（深夜叢書社）、『日々季語日和』（コールサック社）。編著書に『黒田杏子俳句コレクション1　螢』（同）。

髙柳克弘（たかやなぎ・かつひろ）

一九八〇年静岡県浜松市生。二〇〇二年「鷹」に入会、藤田湘子に師事。二〇〇四年俳句研究賞受賞。二〇〇五年藤田湘子逝去、新主宰小川軽舟の下、「鷹」編集長就任。著書に『凜然たる青春』（俳人協会評論新人賞・富士見書房）、『芭蕉の一句』（ふらんす堂）、『未踏』（田中裕明賞・同）、『寒林』（同）、『涼しき無』（俳人協会新人賞・同）、『どれがほんと？万太郎俳句の虚と実』（慶應義塾大学出版）、『蕉門の一句』（ふらんす堂）、『究極の俳句』（中央公論新社）。二〇二二年、児童文学『そらのことばが降ってくる　保健室の俳句会』（ポプラ社）で小学館児童出版文化賞受賞。読売新聞「ＫＯＤＯＭＯ俳句」選者。早稲田大学講師。

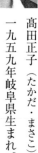

過去の受賞句集

二〇一〇年　第一回　田中裕明賞／髙柳克弘句集『未踏』（ふらんす堂）
二〇一一年　第二回　田中裕明賞／該当句集なし
二〇一二年　第三回　田中裕明賞／関悦史句集『六十億本の回転する曲がつた棒』（邑書林）
二〇一三年　第四回　田中裕明賞／津川絵理子句集『はじまりの樹』（ふらんす堂）
二〇一四年　第五回　田中裕明賞／榮猿丸句集『点滅』（ふらんす堂）
　　　　　　　　　　　　　　　　西村麒麟句集『鶉』（私家版）
二〇一五年　第六回　田中裕明賞／鴇田智哉句集『凧と円柱』（ふらんす堂）
二〇一六年　第七回　田中裕明賞／北大路翼句集『天使の涎』（邑書林）
二〇一七年　第八回　田中裕明賞／小津夜景句集『フラワーズ・カンフー』（ふらんす堂）
二〇一八年　第九回　田中裕明賞／小野あらた句集『毫』（ふらんす堂）
二〇一九年　第十回　田中裕明賞／該当句集なし
二〇二〇年　第十一回　田中裕明賞／生駒大祐句集『水界園丁』（港の人）
二〇二一年　第十二回　田中裕明賞／如月真菜句集『琵琶行』（文學の森）
二〇二二年　第十三回　田中裕明賞／相子智恵句集『呼応』（左右社）

第十四回田中裕明賞

2023.09.30 初版発行

発行人｜山岡喜美子

発行所｜ふらんす堂

〒182-0002 東京都調布市仙川町1-15-38-2F

tel 03-3326-9061　fax 03-3326-6919

url　www.furansudo.com　email　info@furansudo.com

装丁・レイアウト｜和　兎

印刷・製本｜日本ハイコム㈱

定価｜ 500円＋税

ISBN978-4-7814-1600-7 C0095 ¥500E